CRISTIANO ZANARDI

IL PAESE SILENZIOSO

Liberamente ispirato alla tragedia di Renèusi

2015

ROMANZO

I

Quella mattina, aprendo le pesanti persiane di legno sulla valle, Rosa sentì un'aria diversa invadere le stanze della sua casa. Cercò con le mani la scodella che aveva appoggiato sul davanzale e la tirò a sé con aria curiosa, per scoprire quale regalo il gelo le aveva disegnato sulla superficie dell'acqua. Non era più una bambina, pur essendo ancora una giovane ragazza, ma si sa, a quei tempi bisognava crescere in fretta e diventare donne era più che mai necessario. La tazza sul davanzale la notte di Natale era una delle poche abitudini che si era portata dietro dall'infanzia e non intendeva abbandonarla nemmeno ora che era sposata con Giacomo. Guardò la superficie ghiacciata rimanendo in piedi davanti alla finestra aperta, accarezzandosi la pancia con una mano e cercando di scorgere un segno che fosse di buon auspicio per quel grande evento che stava per cambiarle la vita.

Era un Natale diverso, quello che stava per arrivare: ancora pochi mesi e sarebbe diventata madre. Lo aveva voluto fortissimamente e anche Giacomo, suo marito, sembrava più che

mai convinto a cimentarsi nel ruolo di padre.
Dal giorno del loro matrimonio, si erano
sprecate le discussioni su quale nome dare al
bambino, o alla bambina.

«*Maria!*» continuava a ripetere Rosa, nelle
lunghe serate illuminate dalla luce di una
candela.

*«Se è una femmina si chiamerà Maria, lo dobbiamo
alla Vergine, che non ci ha mai abbandonato nei
momenti difficili della nostra vita!»*

Giacomo non era convinto, avrebbe preferito
chiamarla Teresa, come la nonna paterna, ma si
adeguava perché per lui, in fondo, un nome o
un altro avrebbe cambiato poco. L'importante
era riuscire a mandare avanti la famiglia, sapere
che avrebbe potuto dare un futuro a sua moglie,
che tanto amava e a suo figlio, maschio o
femmina che fosse.

Anzi, fosse stato un maschio, a dirla tutta,
presto le braccia sarebbero state quattro e la
famiglia avrebbe potuto godere di un aiuto in
più. Di certo, se fosse stato un maschio, sarebbe
stato Davide: su quel nome, non si sa per quale
motivo, non ci furono mai discussioni.

Quando Giacomo rientrò in casa, con la giacca
bagnata fradicia e gli stivali pieni di neve, senza
dire una parola si avvicinò alla moglie, dritta in

piedi davanti alla finestra.

Restò per un poco ad osservarla.

«*Cosa c'è?*» le disse.

«*Vieni qui. Guarda anche tu, facciamo un gioco. Che lettera vedi?*»

«*Io non vedo niente!*» Rispose Giacomo, scontroso, scuotendo la testa.

«*Dai, guarda bene! Non ti sembra una D?*»

Giacomo prese la scodella, guardando il ghiaccio spaccato in superficie quasi a formare una specie di sorriso.

«*Vuoi dire che sarà Davide? Tra qualche anno, almeno, avremo qualcuno che ci porta le castagne fino giù al mulino per farle macinare. Quella salita ieri mi ha spaccato le gambe!*»

Rosa scoppiò a ridere, si voltò e abbracciò il marito, stampandogli un bacio sulla guancia.

Fuori, la neve iniziava a cadere più lenta e il silenzio avvolgeva tutta la valle. Si sentiva solo, a tratti, il passo ovattato degli uomini che con il badile liberavano i primi passaggi tra le case di Renèusi, mentre il buio si dissolveva lasciando spazio alle prime, flebili, luci del giorno.

A poco a poco, il paese iniziò a svegliarsi e sui muri delle case comparvero le prime palle di neve lanciate dai bambini, che non vedevano l'ora di tuffarsi in tutto quel bianco con i loro

3

poveri vestiti. Rosa, seduta davanti alla finestra, guardava i bambini correre e rotolare nella neve e soffermando lo sguardo sullo specchio appeso al muro, si accorse di avere un bel sorriso disegnato sul volto.

Era una bella ragazza, Rosa. Alta e dal fisico asciutto, con i lunghi capelli castani sempre raccolti ordinatamente in una crocchia, ogni suo movimento denotava una specie di eleganza innata, che la rendeva quasi fuori luogo in quell'ambiente contadino.

Conosceva Giacomo da sempre, fin da quando, bambini, giocavano a nascondino nella piazzetta del paese e, immancabilmente, finivano per andare a nascondersi insieme: nonostante li dividessero alcuni anni, la complicità che c'era tra loro era tale che ben presto, dopo i primi balli alle feste di paese, sulla terrazza davanti all'osteria, iniziarono a frequentarsi, per la gioia dei paesani che vedevano, in quella giovane coppia, il futuro della loro vecchia vallata.

Non fu tutto così semplice, però, specie quando Rosa dovette sopportare per oltre tre anni l'assenza di Giacomo nel frattempo emigrato in Argentina in cerca di una nuova sfida.

«Vado a guadagnare due soldi, poi torno a sposarti!»

le disse, prima di partire.

Giacomo non era povero, anzi. Discendeva da una lunga dinastia di contadini che, lavorando la terra, avevano saputo guadagnarsi da vivere dignitosamente. La fuga nelle Americhe non fu dettata, come per altri suoi compaesani, dalla disperazione, quanto piuttosto dalla voglia di dimostrare a tutti le sue capacità. Grazie alla sua tempra di uomo di montagna, riuscì ben presto a ritagliarsi uno spazio importante e, partito lavorando la terra sotto padrone, trovò lavoro in una fattoria, per poi metterne su una propria che riforniva di latte e carne buona parte del circondario.

Tornò a Renèusi nell'autunno del 1926, con una pistola nuova di zecca in tasca – di quelle che da noi ancora non esistevano – e la schiena spaccata dal lavoro ma con un malloppo di soldi da far rabbrividire Rosa, che non ne aveva mai visti così tanti in vita sua.

«*Questi sono tutti per noi*» le disse, lanciando sul vecchio tavolo di legno una mazzetta di banconote avvolte da un elastico. «*Per il nostro matrimonio e per il nostro futuro!*»

In breve, Giacomo riprese a lavorare la terra nella valle dei Campassi e a prendersi cura delle bestie, affidate – durante la sua assenza – alle abili mani dello zio Antonio. Reinvestì una buona parte dei soldi guadagnati per mettere a nuovo la stalla, dotandola di attrezzature all'avanguardia per l'epoca e rendendola decisamente più consona alla propria fama, da tutti incontestata, di *miglior allevatore di vacche da latte della val Borbera.*

Nel giugno del 1928, Giacomo e Rosa si unirono in matrimonio. Quel giorno, il paese era tirato a lucido e addobbato a festa come non lo si vedeva ormai da tempo: d'altra parte, l'inesorabile spopolamento aveva fatto sì che l'ultimo matrimonio nell'oratorio di San Bernardo risalisse ormai a diversi decenni prima. Nel frattempo la sempre minore presenza fissa sul luogo aveva convinto il Vescovo a riunire la parrocchia a quella di Vegni e così anche la Santa Messa, ormai, non veniva più celebrata regolarmente: capitava spesso, allora, che le uniche occasioni per vedere l'oratorio colmo di persone fossero qualche funerale o, magari, qualche festa comandata. Il matrimonio di Rosa e Giacomo fu la prima funzione celebrata da don Giuseppe, che era appena stato chiamato da Sua Eminenza il Vescovo a reggere la parrocchia di Vegni e l'oratorio di Renèusi di Carrega Ligure.

Quando la neve smise di cadere e la cappa grigia si alzò, regalando uno squarcio di cielo sereno, era ormai metà mattina e gli alberi spogli ancora carichi di neve bianca offrivano un panorama a dir poco meraviglioso, quasi da fiaba, sul versante opposto della montagna.

I bambini, tra schiamazzi e risate, raggiunsero la chiesa di San Bernardo, addobbata per l'occasione da Don Giuseppe e lo aiutarono a sistemare le ultime statuine del presepe: alle undici ci sarebbe stata la Messa di Natale e ogni cosa sarebbe dovuta essere al suo posto. Tutti gli uomini si erano uniti agli spalatori più mattinieri perché le strade e i passaggi avrebbero dovuto essere sgombri in modo da consentire a tutti i paesani, anche i più anziani, di raggiungere la piccola chiesetta posta all'imbocco del paese.

Il suono della campana dell'oratorio richiamò la gente fuori dalle case e, in pochi minuti, la chiesa si riempì. I bambini, in sacrestia, si affannavano dietro ai paramenti di don Giuseppe, che chiedeva aiuto nel vestirsi. Poi, in fila indiana, dietro al parroco, tutti sull'altare, davanti al quale, su di un mucchio di paglia, era stata posata una rudimentale statuetta del Bambino.

La comunità era tutta riunita nel minuscolo oratorio, illuminato dalla luce delle lanterne e delle candele, ad ascoltare la parola di Dio e nel gelo di quelle quattro mura, il respiro dei paesani, rivolti verso l'altare, sembrava quasi voler riscaldare il Bambino Gesù.

Fuori, Renèusi, avvolto dal silenzio più profondo, sembrava un paese da cui tutti se ne erano andati.

Sarebbe stato un Natale povero, come tutti gli anni, ma non importava quasi a nessuno. Don Giuseppe lo ricordò nella predica, che la ricchezza di quella povera gente stava nella terra, negli animali e nelle loro braccia, oltre che nella loro grande umiltà. Al termine della Messa, dopo il consueto rito del bacio sulla fronte del Bambino, le famiglie si scambiarono gli auguri sotto al portico ad arco dell'oratorio, poi si incamminarono alla volta di casa, preceduti dai bambini con i vestiti fradici di neve. Era una di quelle giornate per cui valeva la pena ammazzare una gallina per farci un buon brodo e un bel pranzo. E con tutto quel freddo fuori, qualche bicchiere di vino in più, al pomeriggio, all'osteria, sarebbe stato perdonato anche dalle mogli più severe.

II

La valle era imponente. Due ripidi versanti in parte boscosi e in parte terrazzati, spezzati, nelle zone vicine al crinale – *l'alpe* – da alcuni ampi prati, scendevano a strapiombo verso il rio dei Campassi, dove l'aria si faceva di colpo più fredda e dove le coste delle montagne sembravano quasi toccarsi e incastrarsi le une con le altre. Facendo silenzio, era possibile sentire in lontananza lo scroscio dell'acqua che sembrava minaccioso anche nelle giornate più tranquille.

Era un corso d'acqua particolarmente temuto, da queste parti, tanto che spesso si usavano ricordare, tra i valligiani, le molte disgrazie dovute alla violenza del rio nelle giornate di piena. Quasi a volere esorcizzare quelle future, che si sapeva – prima o poi – si sarebbero ripresentate. Ma il rio non si fermava, sembrava avesse ereditato il carattere selvaggio di quei luoghi in cui nasceva, incastrato tra le ultime montagne del Piemonte e i primi bagliori della Liguria, nell'appennino più sperduto.

A dominare il panorama, quasi a controllare tutto dall'alto, la maestosa cima dell'Antola, "la *montagna"*, da queste parti: quasi un luogo sacro, venerata come fosse una divinità. A molti dei contadini bastava lanciare un'occhiata verso la cima del monte per capire, di lì a poco, che sarebbe piovuto, oppure che le nuvole che ne oscuravano la vetta sarebbero state soltanto passeggere e si sarebbero scaricate da qualche altra parte, chissà, magari in Val Brugneto, o lungo il corso del Brevenna, dalla parte opposta del crinale. Decine di detti popolari coinvolgevano la montagna, sempre presente nei discorsi dei paesani, sempre al centro della vita quotidiana.

E c'era da capirli: se quei villaggi così sperduti esistevano, era grazie all'Antola.

Ai piedi del Monte delle Tre Croci, ad un'altitudine di poco superiore ai mille metri, si trovava Renèusi, il paese più alto della valle dei Campassi. Il borgo era composto da una quarantina di abitazioni in pietra che seguivano una disposizione leggermente allungata in direzione della testata della valle e si trovava in una posizione sicuramente non felicissima, quanto meno dal punto di vista dello sviluppo degli insediamenti umani.

Per la carità, di paesi situati in posizioni infelici era pieno l'appennino e di ognuno di questi si diceva fosse stato fondato da banditi o briganti. Ma Renèusi, pur nella sua posizione isolata dal mondo, lontana da tutte le vie di comunicazione, era comunque diventato un abituale luogo di passaggio a causa della sua posizione lungo una delle più importanti vie di accesso al Monte Antola.

Situato di fronte ai borghi di Campassi e Croso, Renèusi era l'ultimo dei tre villaggi costruiti sulla sponda destra della valle dei Campassi, raggiungibili da Vegni, il villaggio più grande – vi risiedevano una cinquantina di famiglie, in totale circa 200 persone – e meglio servito dalle vie di comunicazione, che sorgeva alle pendici del Monte Carmetto. La mulattiera che permetteva di raggiungere i tre villaggi, ben battuta e delimitata da muretti in pietra locale, aveva l'imbocco quasi nascosto, oltrepassata una delle due *ville* che componevano il borgo di Vegni, quella bassa, che ospitava la chiesa, e conduceva ad un meraviglioso punto panoramico, detto *sella dei Campassi*. Dalla sella si godeva di una visuale privilegiata su tutta la valle e se ne potevano apprezzare l'asprezza e l'imponenza: era una specie di balcone, situato esattamente sul lato opposto rispetto alla cima dell'Antola. E' qui che si recavano, nelle sere d'estate, gli abitanti di Vegni, quando avevano voglia di fare due passi e il canto dei grilli faceva da sottofondo alle loro serate.

Oltre la sella, la mulattiera si faceva più stretta e scendeva per poi tornare a inerpicarsi lungo i versanti boscosi del monte Carmetto, fino a raggiungere una prima frazione, detta i Casoni, una lunga fila di abitazioni in pietra, addossate le une alle altre su di un versante particolarmente scosceso, che ospitavano circa cinque famiglie.

Qui l'agricoltura era quasi impossibile da praticare e gli abitanti dei Casoni, si sostentavano principalmente con l'allevamento del bestiame, che riposava nelle stalle al piano terreno delle case e che veniva portato a pascolare *sull'alpe*, i prati pianeggianti che si trovavano in prossimità del crinale. Deliziose formaggette venivano preparate con il latte delle mucche e delle capre, ma non solo perché quella dei Casoni era una piccola comunità autosufficiente, seppur condannata a vivere in un luogo particolarmente avaro.

Nei pressi di una grande stalla, su di un ripido *risseu* la mulattiera saliva di quota, proseguendo quindi in piano fino a Ferrazza, il secondo paese di quel versante di valle.

Ferrazza era un mucchietto di case che si scorgevano già in lontananza, camminando sul sentiero, poco dopo i Casoni, circondate di terreni coltivati. Le poche case, abitate da due famiglie, si trovavano in una felice posizione che permetteva loro di godere della luce del sole per quasi tutto il giorno, oltre ad un bel panorama su tutta la sponda opposta della valle e sulla cima dell'Antola. Poco oltre le abitazioni, un lavatoio, vicino ad una minuscola cappelletta in pietra, annunciava l'imminente arrivo a Renèusi.

Già si è detto, di Renèusi. Il paese aveva dovuto subire un rapido ridimensionamento demografico, con la popolazione pressoché dimezzata nel giro di pochi anni: dieci le famiglie che erano rimaste ad animarlo, una trentina di persone in tutto. E pensare che in epoca Napoleonica, il borgo era arrivato a contare quasi trecento abitanti!

L'arrivo al villaggio era preannunciato dal minuscolo cimitero e dall'oratorio di San Bernardo, in mezzo ai quali transitava la mulattiera. Una volta svoltato l'angolo del cimitero, il borgo si mostrava in tutta la sua bellezza: i tetti delle case in pietra si estendevano ai lati della strada ma nonostante lo spazio fosse poco, la loro disposizione era perfettamente ordinata. Le case erano separate da piccole viuzze ciotolate che conducevano ognuna nella piazza del paese, che si trovava poco distante dalla chiesa e poco più avanti, nei pressi di un grande albero, la strada si divideva. Proseguendo in piano, sulla via che conduceva verso l'Antola, si raggiungevano l'osteria e le altre abitazioni che vi sorgevano intorno, fino ad una bella fontana posizionata poco distante dal corso di un rio; prendendo invece la strada in discesa, si passava in mezzo al nucleo più numeroso di case e, terminato il paese, si scendeva attraverso una serie infinita di tornanti fino al rio dei Campassi, dove si trovavano due mulini.

E' proprio su questa strada che, in corrispondenza delle ultime abitazioni, una viuzza sassosa che correva sulla sinistra conduceva alla casa dove vivevano Giacomo e Rosa, un'abitazione piuttosto grande, costruita su due piani e dalle forme leggermente smussate come la gran parte delle case del paese. Interamente in pietra, la casa era affacciata sulla valle ma godeva anche di una bella vista – sul lato posteriore – sull'oratorio di San Bernardo, rispetto al quale si trovava alcune decine di metri più in basso. Accanto alla casa, una grande stalla dove riposavano le bestie di Giacomo, utilizzata al piano superiore come fienile e, poco più distante, una piccola casetta, anch'essa in pietra, dove vivevano i genitori di Rosa.

La popolazione del villaggio viveva sostanzialmente di agricoltura, che praticava strappando porzioni di terreno alla montagna: i terrazzamenti sbucavano un po' ovunque nei terreni attorno al paese, mentre sugli innumerevoli sentieri che correvano tra i fondi e le faggete era un continuo via vai di animali che dalle stalle raggiungevano i pascoli di altitudine per farvi ritorno alla sera. La quiete della valle era rotta, di tanto in tanto, solo dal rumore dei campanacci, che alternato allo scroscio dell'acqua del rio faceva da colonna sonora permanente a questo angolo di paradiso.

III

Era stata una settimana diversa, l'ultima appena trascorsa. La primavera stava esplodendo con tutti i suoi infiniti colori e la valle dei Campassi si presentava con il vestito delle migliori occasioni: le macchie gialle intense dei maggiociondoli bucavano il verde delle foglie degli alberi e i prati, sfalciati di fresco, sembravano dipinti con ampie pennellate dalla mano di un pittore esperto.

Rosa, trascinando ormai a stento il rotondo pancione sulle gambe sottili, si divideva tra il terrazzo della sua casa e il letto, assistita sempre dalla madre, in particolar modo quando Giacomo, durante la giornata, era fuori per il lavoro nei campi. Il parto era imminente e quella mattina, sul far dell'alba, la svegliarono le prime contrazioni, che costrinsero Giacomo a lasciare gli suoceri accanto a Rosa e a partire di corsa alla volta di Vegni, per avvisare l'ostetrica.

Ne aveva fatte di corse, Giacomo, in vita sua, ma mai nessuna ebbe il sapore e la spinta nelle gambe che aveva quella mattina: gli sembrò di volare, tanto che nemmeno si accorse di essere passato da Ferrazza e dai Casoni, dove i contadini più mattinieri lo avevano visto sfrecciare alla velocità di un fulmine con il sorriso disegnato in volto.

Bussò alla porta dell'ostetrica e senza lasciarle il tempo di capire cosa stesse succedendo, blaterando frasi sconnesse, la trascinò letteralmente fuori, giù per i gradini e poi, sempre tenendola per un braccio, la portò con sé a passo spedito fino a Renèusi. Quando arrivarono, dopo aver raggiunto la piazzetta del paese e imboccato la stradina che scendeva dal sentiero per il rio, sentirono il pianto di un bambino in lontananza, provenire dalla finestra accostata della sua casa.

Gli venne una stretta al cuore: entrò di soprassalto fermandosi sulla porta della camera, con gli occhi lucidi e l'ostetrica in piedi dietro di lui, paonazza, che sbuffava come una locomotiva.

Rosa, stesa nel letto, stringeva tra le braccia una minuscola creatura, con i genitori accanto. Sembrava più rilassata, evidentemente il parto era avvenuto poco dopo la sua partenza, quando ancora lui correva come un matto in direzione di Vegni.

«Davide, guarda chi c'è!? Il papà!!»

«Davide!» esclamò Giacomo, che sentendo la

parola *papà* esplose in un sorriso di quelli che lui, uomo duro e scontroso, faceva solo raramente. Gonfiò il petto riempiendosi di orgoglio e corse verso il letto dove era coricata la moglie. «*Davide Bellomo!*» continuava a ripetere.

«*Ma che bello che sei, Davide!*» esclamò l'ostetrica, la cui presenza nella casa dei Bellomo era quasi passata inosservata. Era lunedì 12 maggio 1930.

In pochi istanti, la notizia della nuova nascita si sparse a macchia d'olio in paese: non erano rimasti in molti a vivere in quel luogo dimenticato da Dio e già da qualche anno non si poteva festeggiare la nascita di un bimbo, perché tanti dei nati in quegli ultimi tempi si erano ammalati e non avevano resistito oltre i primi mesi di vita, mentre altri ancora erano morti ancora prima di vedere la luce. Era quindi un evento che meritava di essere condiviso, a maggior ragione se si considera che il nuovo nato era *un Bellomo*: Bellomo, a Renèusi, era il cognome più diffuso. Una specie di marchio di fabbrica, tanto che quelle poche altre famiglie che di cognome facevano Franco finivano per sentirsi un po' escluse, quasi ospiti in casa altrui. Gli uomini lasciarono le bestie e le falci nei campi, scendendo alla volta del paese. Le donne si accertarono di non avere dimenticato pentole sul fuoco della stufa e si tirarono dietro l'uscio accostandolo, per raggiungere, in preda alla curiosità, quella grande casa posta in fondo al paese. Molti erano stati avvisati dall'ostetrica stessa, che nella strada del ritorno verso Vegni annunciava la lieta novella alle persone che incontrava. Neanche a dirlo, dopo pochi istanti, una lunga coda di persone di tutte le età, provenienti da Vegni, Casoni e Ferrazza, si snodava nelle stanze della casa dei Bellomo, che visibilmente a disagio stringevano mani e ricevevano le benedizioni e le preghiere delle donne più anziane.

D'altra parte erano persone semplici, conosciute e benvolute da tutti. Giacomo, più vecchio di Rosa di una decina di anni, era un ragazzone grande e grosso dai capelli neri e dai profondi occhi scuri. Aveva poco più di trent'anni ma sul volto portava già i segni di chi, nella vita, aveva dovuto darsi parecchio da fare: rimasto orfano giovanissimo, era cresciuto assieme allo zio Antonio, che da buono scapolo aveva dedicato gran parte del suo tempo a prendersi cura di lui. L'infanzia e l'adolescenza di Giacomo trascorsero nella stalla dove lo zio teneva le mucche da latte e grazie ai suoi preziosi insegnamenti e alle lunghe giornate trascorse al pascolo diventò la sua prima, grande passione. Imparò in fretta a mungere le mucche, a utilizzare il latte per ricavarne il formaggio, a pulire il legno con il suo coltellino creandosi dei singolari fischietti per richiamare la mandria. Con il passare degli anni, complice la fortunata esperienza nelle Americhe, diventò un ottimo contadino e allevatore: il suo bestiame, ben nutrito e sempre curato, era considerato da tutti il migliore della valle, tanto che non era raro arrivassero persone fin da lontano per trattare direttamente con lui l'acquisto dei capi più pregiati.

Giacomo, in piedi sulla porta della camera da letto, aveva lo sguardo spaesato nel vedersi tutta quella gente in casa. Eppure non smetteva di stringere mani, con un sorriso ebete disegnato in volto che meglio di tutto esprimeva la sua grande gioia nell'approcciarsi alla vita di genitore.

Quando gli ospiti se ne andarono, chiusa la pesante porta di legno, si lasciò andare su una sedia, esausto per quella giornata iniziata in maniera così diversa e finì per rimanere addormentato in una posizione improbabile, con la testa che, divenutagli improvvisamente pesante, iniziò ben presto a roteare, cadendo ora a destra ora a sinistra.

Rosa non potè fare a meno di sorridere, osservandolo.

«Davide sei riuscito a tenere il papà in casa» sussurrò all'orecchio del bambino, mentre gironzolava per casa per farlo addormentare.

«E' la prima volta che succede da quando lo conosco!»

IV

Don Giuseppe era un omaccione tra i quaranta e i cinquanta, con il volto perennemente scocciato e le mani grandi come due pale. Sempre agitato, sembrava trattare tutti con sufficienza, ma in fondo, dietro a quelle sopracciglia aggrottate, si nascondeva un animo profondamente buono. Originario della vicina valle Scrivia, i genitori avevano voluto che entrasse in seminario perché speravano che per lui non si dovessero spalancare ben altre porte, quelle dell'arruolamento. Il ragazzo aveva subito mostrato di apprezzare lo studio della materia religiosa, quasi ne avesse una particolare predisposizione e dopo un lungo peregrinare tra le parrocchie della Val Brevenna, della Val Trebbia e della Val d'Aveto, venne spedito a Vegni, dove scoprì che avrebbe dovuto occuparsi anche dell'Oratorio di San Bernardo Abate in Renèusi, nel frattempo accorpato alla Parrocchia di Vegni.

Aveva sentito parlare diverse volte di Renèusi, luogo di passaggio verso la via dell'Antola, ma mai era capitato da quelle parti, prima di allora.

La prima volta fu indimenticabile, tanto per lui

quanto per i paesani.

Era il mese di maggio del 1928 quando, a dorso di un mulo decisamente sovrappeso, Don Giuseppe arrivò di buon'ora a Vegni. I paesani gli si fecero incontro in segno di accoglienza, ma le loro attenzioni finirono ben presto per concentrarsi sul povero animale e le prime risatine a serpeggiare tra la folla. Il burbero parroco scese goffamente dall'animale, scrutando uno a uno negli occhi i paesani che, improvvisamente, cercarono di contenere le risate.

«*Beh? Non lo sapevate che anche i preti si spostano sui muli?*» disse deciso don Giuseppe.

I *vegnini* scoppiarono nella risata che stavano da qualche minuto trattenendo e si fecero incontro al prete dando inizio alle presentazioni. Nessuno, tuttavia, si prese cura del povero mulo che quasi barcollava, sfinito dalla salita di Vegni, tranne un ragazzino che corse alla fontana a riempire un secchio d'acqua che l'animale sembrò particolarmente gradire.

Dopo le presentazioni, fu il turno della chiesa, dove don Giuseppe ebbe appena il tempo di entrare a dare un'occhiata veloce, prima che i paesani lo portassero con loro per un simbolico giro delle due *ville* che componevano il borgo con sosta presso ogni singola famiglia, benedizione della casa, degli animali e l'offerta di un bicchiere di vino.

Era ormai pomeriggio inoltrato quando, terminato il giro delle case di Vegni, don Giuseppe uscì barcollando da un ultimo cortile, convinto, finalmente, di potersi avviare verso la canonica a riposare, visto che tutto quel vino gli aveva messo una incredibile voglia di dormire.

Dietro di lui, con le gote rosse come il fuoco, Marino, la persona che si occupava di tenere in ordine la chiesa e che lo aveva condotto in questo vero e proprio tour de force tra le case della borgata.

«*Marino, la devo ringraziare ma adesso...*»

«*Adesso andiamo nella valle dei Campassi, ci sono ancora tre paesi dove devo presentarla, vorrà mica lasciarli indietro?*»

«*Facciamo domani?!?*»

«*Non se ne parla! La stanno aspettando tutti!*»

Il parroco iniziò a sudare. «*Oh no...*»

«*Don, Don...che fa, mi alza bandiera bianca dopo qualche bicchiere di vino?*» lo incalzò Marino.

«*Noooo si figuri...però pensavo che sarebbe meglio se prendessimo i muli...non vorrà mica andare a piedi?*»

«*Come vuole lei reverendo, possiamo andare sia a piedi che con le bestie. Ma la sua ho paura che a*

Renèusi ci arriverà, se va bene, tra qualche settimana» disse Marino, indicando con un dito il mulo che aveva accompagnato il prete fino a Vegni, coricato su di un fianco in un prato. Sembrava morto.

Pochi minuti e Marino e il parroco, quest'ultimo a dorso di un mulo nuovo di zecca, gentilmente offerto dal sacrista, si misero in marcia sulla mulattiera: non si sa quale dei due fosse meno ubriaco, con tutto il vino che avevano ingerito. Ma il problema era che stava per arrivarne dell'altro. Non era difficile immaginarlo, ma il rosso che buttarono giù nelle due soste ai Casoni di Vegni e a Ferrazza, sommato al precedente, si rivelò letale: soprattutto quello dei Casoni, così aspro da sembrare aceto, tanto che la piccola borgata era spesso citata nei discorsi quando si finiva a parlare di vino cattivo.

Intanto a Renèusi, i paesani radunati davanti all'oratorio di San Bernardo attendevano trepidanti l'arrivo del nuovo parroco, che era stato preannunciato da un contadino che aveva incrociato i due sulla via del ritorno.

Potenti risate rimbombavano nei boschi tra Ferrazza e Renèusi, facendosi sempre più vicine e i paesani si guardavano sbigottiti, senza capire cosa stesse succedendo.

Finalmente, sul far del tramonto, preceduti da un forte odore di vino, Don Giuseppe e Marino fecero il loro ingresso a Renèusi, superando l'ultima curva prima delle case, quella che costeggia il cimitero. I muli si bloccarono di fronte alla folla, mentre i due smisero di sghignazzare solo qualche attimo dopo, quando – considerati i loro tempi di reazione – riuscirono a rendersi conto di essere davanti ad altre persone.

«*Uippresento il nouuo parrogo*» ruppe l'imbarazzo Marino, rivolto ai paesani, che non capirono cosa intendesse dire ma, in compenso, realizzarono in pochi secondi che di sete ne aveva già avuta parecchia. Non che gli mancasse, solitamente, per la carità...

Don Giuseppe, per darsi un tono, biascicò alcune incomprensibili formule latine che non fecero altro che peggiorare la situazione, convincendo i paesani a chiedere ai due, come prima cosa, se volessero fermarsi per la notte nella canonica visto che non apparivano propriamente in condizione di ritornare a Vegni.

Nonostante qualche resistenza iniziale, non ci volle molto a convincerli e, una volta attaccati i muli all'albero più vicino all'oratorio, i due si lasciarono cadere in un sonno profondo sui pagliericci della canonica, mentre gli abitanti di Renèusi, mestamente, tornavano delusi verso le proprie case senza aver ancora ricevuto l'auspicata benedizione.

Tra i paesani che attendevano di conoscere il parroco vi erano anche Giacomo e Rosa, particolarmente interessati all'incontro a causa dell'imminente matrimonio: Don Giuseppe era stato avvisato, prima del suo arrivo a Vegni, che avrebbe dovuto celebrare di lì a poco un matrimonio, ma sicuramente quel giorno l'aveva rimosso dalla sua mente, per lasciare spazio al vino rosso.

Quella notte, le foglie secche dei pagliericci sembrarono ai due soffici come mai prima di allora. La mattina seguente, il sole che filtrava dalla finestra della canonica svegliò i viandanti, così riposati che quasi avevano scordato tutti i bicchieri bevuti il giorno precedente. Ma un po' di senso di colpa ancora lo portavano con loro, tanto che si misero in piedi di buon'ora e iniziarono il giro delle case di Renèusi, impartendo benedizioni e rifiutando, educatamente, ogni bicchiere di vino che ai due veniva gentilmente offerto. Siccome, però, a mani vuote non si poteva uscire, racimolarono una quantità di uova da farci frittate fino ad agosto.

Giacomo, in piedi sulla porta di casa, fece strada al parroco, invitandolo ad accomodarsi e presentandogli la futura moglie Rosa.

«So che avreste voluto parlarmi ieri, di questo mi devo scusare...»

«Reverendo, si figuri...noi la aspettavamo con ansia, ma siamo ben lieti di ospitarla qui oggi.»

«E' un piacere vedere due giovani di montagna come voi che hanno intenzione di unirsi in matrimonio e creare una famiglia. Anche qui, in questo luogo così impervio dove Dio sembra non essere nemmeno arrivato. Ma posso garantirvi che la mia vita da parroco mi ha portato spesso in luoghi simili ed è proprio qui che ho trovato la maggiore fede, la maggiore umanità, la maggiore apertura verso Dio.»

«Noi, Padre, intenderemmo unirci in matrimonio nell'oratorio di San Bernardo. Sappiamo delle direttive di Sua Eminenza il Vescovo, che ha ordinato di celebrare le funzioni unicamente nella Chiesa di Vegni, ma ecco...ci piacerebbe che si potesse fare una deroga, come per la Santa Messa di Natale...»

«Abbiate fede, parlerò io con Sua Eminenza. E chissà

che presto nel vostro piccolo oratorio non si possa
celebrare anche il battesimo di un bel bambino!»
Don Giuseppe uscì dalla casa di Giacomo con le
tasche piene di uova, stringendo per il collo una
gallina e raggiunse in breve Marino, che si era
attardato a parlare con Mengo, un anziano
signore di Renèusi con il quale era solito
commerciare in farina di castagne. Salirono sui
muli e presero piuttosto velocemente la
direzione di Vegni, dove nessuno li vedeva
ormai da una giornata intera.

«Siete andati in Antola??» disse con tono
polemico la moglie di Marino, un donnone sulla
cinquantina, appostata sull'uscio con le mani sui
fianchi, quando li vide spuntare in lontananza.
«Ci siamo, ci siamo...» disse Marino, con un filo
di voce, quasi intimorito.
*«Lo vedo ben che ci siete! Mi hanno raccontato che
ieri a Renèusi avete fatto ridere tutti! Non ne avete
più da fare?»*
Marino, con la testa bassa come un bambino
che era appena stato sgridato dalla mamma, legò
i muli e raggiunse con una ridicola corsetta la
moglie sull'uscio di casa. Allontanandosi dal
parroco, gli lanciò un'occhiata complice come a
ringraziarlo della compagnia.

Don Giuseppe, alzato il capo in segno di saluto, si guardò bene dall'incrociare lo sguardo con quello della moglie di Marino e si ritirò, ridacchiando sotto i baffi, nella canonica.

V

Il rintocco della campana dell'Oratorio di San Bernardo Abate risuonava tra le montagne e decine di uccelli si libravano in cielo, come spaventati da qualche pericolo, disegnando poetiche traiettorie con i loro incroci avventati tra le nubi. Quella mattina, un evento importantissimo per la vita della comunità stava per registrarsi nella chiesetta del piccolo villaggio: il battesimo di Davide.

Don Giuseppe, tutto affannato, cercava nella sacrestia il testo sacro con le formule da recitare per il sacramento del battesimo: quando lo spedirono a Vegni e a Renèusi pensò – non a torto – che avrebbe dovuto avere a che fare più che altro con estreme unzioni e funerali, piuttosto che con nuove nascite.

«*Ma è possibile?!?*» ripeteva a mezza bocca appoggiato sul mobile della sacrestia, frugando in tutti i cassetti, mentre i bambini – seduti con le gambe penzoloni sulle alte sedie – se la ridevano alle sue spalle. «*Potevo portarmelo dietro da Vegni, stupido che non sono altro!*»

I bambini esplosero in una sonora risata e il parroco, voltatosi di scatto, li zittì con un'occhiata furibonda.

Al suono della campanella, i bambini entrarono in fila indiana dietro a Don Giuseppe. Il reverendo lanciò un fulmineo sguardo verso Giacomo e Rosa che, seduti in prima fila, risposero con un cenno del capo che mostrava tutta la loro gratitudine per il parroco, capace di mantenere la promessa che aveva fatto loro in occasione del primo incontro.

Giacomo, stretto nello stesso vestito che aveva usato il giorno del matrimonio, sembrava quasi fuori luogo con quelle braccia così grosse e la pelle abbronzata dal lavoro nei campi. Stringeva la mano di Rosa, elegante nel suo vestito della festa con in braccio il piccolo corpicino di Davide, che riposava sereno, come riposa solo chi sa di essere a casa propria.

«Davide, tu forse non lo sai, anzi non puoi certamente saperlo, ma hai una grande responsabilità: la responsabilità della sopravvivenza del nostro villaggio. Quando sarai adulto, nel pieno delle tue forze, non sappiamo cosa ne sarà di Renèusi. Ma sappi che conteremo su di te per mantenere vivo questo sperduto, incantevole borgo, perché non vada perso tutto quanto costruito, pietra su pietra, da questa povera comunità di figli di Dio.

Per questo, noi preghiamo fin d'ora il Signore affinché ti faccia dono di una buona moglie e di una buona famiglia, nella quale rifugiarti e condividere le gioie e i dolori, le fatiche e le gratificazioni.
Preghiamo affinché ti faccia dono di una forte tempra da uomo di montagna, di una buona salute.
Davide, tu sei il futuro di Renèusi.»

Le parole di Don Giuseppe erano decise e i paesani ascoltavano attenti, senza batter ciglio e annuivano muovendo il capo alle parole del parroco. Davide, avvolto in una grezza coperta di lana in braccio alla mamma, sembrava dormire, tanto era silenzioso.

Al termine della funzione, Giacomo e Rosa diedero appuntamento a tutti all'osteria, dove Angelo, l'oste, aveva già pronte le migliori bottiglie di vino e anche qualcuno di quei salamini sotto grasso che custodiva gelosamente per tirarli fuori in occasioni come queste.

Rosa, seduta in un angolo con Davide in braccio, si attardava in chiacchiere con Matilde e Adolfo, i cugini di Ferrazza, mentre Giacomo era intento a discutere, tanto per cambiare, di animali da latte con alcuni degli invitati.

Don Giuseppe, con il suo bicchiere di vino in mano, sembrava l'uomo più felice della terra, seduto al tavolo dove gli anziani di Renèusi si sfidavano in un sentitissimo tresette, prima che partissero gli immancabili canti popolari e le gighe sulla terrazza.

In mezzo a tutta quell'aria di festa, Davide iniziò a piangere quasi a voler fare capire che, per lui, quella confusione era decisamente troppa.

VI

Rosa avvicinò a sé la terrina contenente il pane
e latte e ne fece tre porzioni. Posò quella un po'
più grande nel piatto del figlio, passandogli una
mano tra i capelli.

*«Oggi Deivi è andato a prendere le bestie fino al rio,
da solo. Piano piano si diventa uomini!»*

«Fino al rio??» sbottò Rosa, fingendo incredulità.
Davide si schermiva, ma i suoi occhi tradivano
la felicità per il complimento del papà.

«Sì mamma! Le ho portate tutte nella stalla!»

*«Ma che bravo! Di questo passo il papà lo mandiamo
in pensione!»*

«Ne avrei anche bisogno» intervenne Giacomo,
alle prese con il solito mal di schiena da troppo
lavoro.

«No il papà viene con me!» disse Davide,
stringendo forte la grande mano di Giacomo.

Gli anni sembravano volare e i primi ad
accorgersene erano proprio Giacomo e Rosa. Il
padre, instancabile lavoratore, aveva solo un
modo per trascorrere del tempo con il figlio:
portarlo sempre con sé nel suo lavoro
quotidiano. Davide – *ormai diventato per tutti*

Deivi – iniziò da bambino a seguirlo nelle sue giornate e, inevitabilmente, finì per appassionarsi a ogni cosa che il padre faceva. Rosa, invece, doveva accontentarsi di vederlo alla sera, quando i due tornavano e spesso il ragazzo era troppo stanco per aprirsi e parlare. Così, ora che Davide stava crescendo, la donna iniziava a sentire una strana sensazione di solitudine aumentare dentro di sé.

Quello che Rosa faticava a nascondere era la preoccupazione per il carattere particolarmente schivo del figlio, aspetto che non la lasciava del tutto serena, tanto che arrivò a temere che Davide potesse faticare ad integrarsi anche in una piccola realtà come quella in cui si trovavano a vivere.

Al mattino, la scuola lo impegnava per tutti i giorni della settimana: nella bella stagione, arrivava da Vegni la signora Rosanna, la maestra, che teneva le lezioni nella canonica della chiesa ai pochi bambini della valle. Era molto severa e temuta, soprattutto da Davide, particolarmente timido e insicuro. In inverno, invece, capitava spesso che fosse proprio Don Giuseppe, quando il tempo lo permetteva, a raggiungere Renèusi e radunare i bambini nella canonica per tenere le lezioni: ciascuno appoggiava a terra, davanti alla stufa, il ceppo di legna che si faceva consegnare dai genitori e che li avrebbe tenuti al caldo per l'intera durata della lezione. Tra i due insegnanti, il preferito dai bambini era senza dubbio Don Giuseppe, che nonostante i modi all'apparenza bruschi, si rivelava ben presto troppo tenero per tenere a bada quei piccoli montanari e finiva per lasciarli giocare per tutta la durata della lezione.

Ma era nel pomeriggio che Davide poteva stare a contatto con quello che più amava: la montagna.

La vita assieme al padre fu per lui molto più di una scuola e imparò ben presto a fare tutto, ma proprio tutto quello che un contadino doveva saper fare. Dallo sfalcio dell'erba nei prati fino al pascolo con gli animali, dalla mungitura delle mucche alla realizzazione di quelle deliziose formaggette che tanto gli piacevano, dalla raccolta delle castagne fino alle discese ai mulini per farle macinare e ricavarne la farina: si può dire che a Giacomo l'aiuto di certo non mancasse.

Spesso era proprio il padre a invitarlo a divertirsi, a giocare con gli amici, ma Davide sembrava non recepire quei consigli, attratto com'era dalla passione per la vita contadina. Ne parlò a lungo anche con Rosa, Giacomo, senza però riuscire a venirne a una.

«*In fondo*» diceva «*se questi sono i suoi interessi, se questa è la vita che gli piace, chi sono io per impedirglielo e spingerlo a giocare con i suoi amici? Diventerà uomo molto prima degli altri, senza dubbio.*» In quegli anni, diventare uomo presto serviva e non poco.

Di certo Davide non ebbe fortuna, ritrovandosi a vivere l'adolescenza negli anni della guerra, periodo in cui i boschi della selvaggia valle dei Campassi, di difficile accesso per il nemico, furono rifugio per una miriade di combattenti partigiani costringendo così la popolazione ad una vita piuttosto ritirata.

Fu proprio in quegli anni che Davide si legò in una profonda amicizia a Andrea, il figlio di Carlo – *per tutti Carlòn* – il proprietario del mulino sul fondovalle dove si portavano a macinare castagne, ceci e quant'altro.

Lo chiamavano Mulino Gelato, perché si trovava in un punto così nascosto che il sole non ci arrivava praticamente mai e anzi, in inverno alcune volte sembrava quasi che fosse sempre notte.

La famiglia di Carlòn gestiva il mulino da tre generazioni ed era un importante punto di riferimento per gli abitanti di entrambe le sponde della valle dei Campassi: venivano da Croso, il piccolo villaggio situato di fronte a Renèusi, da cui scendere al mulino era veramente un attimo. Ormai da qualche tempo, Carlòn portava con sé il figlio in modo da insegnargli il mestiere e visto che Davide seguiva spesso il padre, i due ragazzi, imboccati dai rispettivi genitori, diventarono amici.

Lo chiamavano tutti *Dreia* ed era un po' una testa strana. Sembrava fosse nato nel posto sbagliato, tanto che spesso si lamentava perché aveva visto i ragazzi che erano cresciuti con lui andarsene con le rispettive famiglie alla volta della città e covava un certo malessere interiore, come se lo costringessero a restare lassù, lontano dal mondo. L'opposto di Davide, insomma, che non vedeva la sua vita altrove che in mezzo a quelle montagne. I due, però, fecero leva su queste profonde diversità per instaurare una bella amicizia tanto che per la prima volta, in quegli anni, Giacomo e Rosa dovettero preoccuparsi perché Davide, quando andava per farina al mulino, tornava sempre tardi per la cena.

«*Giacomo, è quasi buio. Vallo a cercare!*»
«*Ma adesso arriva, stai tranquilla...è con Dreia giù*

al mulino.»

«Io sono preoccupata!»

«Ma insomma, prima ti lamentavi perché non aveva amici, adesso che comincia a divertirsi lascialo tranquillo...intanto sarà qui intorno, dove vuoi che sia andato!»

Davide e Andrea avevano individuato un luogo, poco sotto al Mulino Gelato, dove il bosco, poco prima di scendere ripidamente verso il fiume, spianava formando un piccolo anfiteatro. Utilizzando alcuni ceppi di legna come sedie, passavano le loro giornate a confidarsi fino a che non scendeva il buio. Era un luogo nascosto, che probabilmente nessuno conosceva visto che oltre il mulino, di solito, o si proseguiva per il Croso oppure si ritornava a Renèusi. Era una specie di finestra su quel piccolo angolo di mondo: da quel punto, nessuno li vedeva ma loro potevano vedere tutti i contadini che scendevano con gli animali carichi di sacchi di cereali, ceci e castagne da portare a macinare. Pareva non essersi accorto di loro nemmeno il daino che tutte le sere si spingeva fino lì per brucare l'erbetta e le radici del sottobosco.

«Come fai a stare così bene a Renèusi?» domandò un giorno Andrea a Davide.

«*Renèusi è casa mia. La mia vita è tutta lì.*»

«*Ho capito, anche la mia vita è tutta al Croso. Ma non pensi che ci possa essere un'altra vita, lontano da qui, magari nelle città?*»

«*Non mi interessa...*»

«*Ma come fa a non interessarti! Il mondo non finisce mica a Renèusi! In città c'è lavoro, si può guadagnare bene e conoscere persone nuove...*»

«*Perché, qui forse non si può lavorare e guadagnare?*»

«*Ma certo, ma qui non c'è più nessuno...*»

«*Io non ho mica bisogno della gente per essere felice!*»

«*Neanch'io Deivi...ma possibile che non ti venga voglia di scappare ogni tanto??*»

«*Mai! Qui è il paradiso...hai mai sentito qualcuno cercare di scappare dal paradiso?*»

VII

«Un San Giacomo con un caldo così non me lo ricordo da almeno 40 anni!»

«Ma cosa dici! Non ti ricordi nel diciotto? C'era il prato davanti alla chiesa che non aveva più di erba!»

«Ma se nel 1918 non si è visto il sole in tutta l'estate!»

Sul muretto davanti alla chiesa di Campassi, alle 9,30 del mattino, iniziavano le consuete battaglie su chi, tra i paesani, avesse la memoria migliore, in attesa dell'inizio della Santa Messa: era usanza che il giorno della festa patronale ci si radunasse, fin dalla prima mattina, davanti alla chiesa di San Giacomo, aspettando l'inizio della funzione.

Al termine della Messa, nel paese scendeva il silenzio: c'era un pranzo della festa da onorare e l'unica cosa che aveva il permesso di muoversi erano le mandibole. Così, in questo via vai di bocche affamate, l'unico rumore che di tanto in tanto pareva scorgersi era quello sordo dei bicchieri che si appoggiavano pesantemente sui tavoli e che risuonava tra le vie del piccolo villaggio.

Finito il pranzo, iniziava ad animarsi l'osteria, dove a mano a mano che terminavano di mangiare si recavano, alla spicciolata, i paesani, che con la scusa di bere un bicchiere di vino rosso attendevano, di fatto, l'ora del vespro e della processione. Come immaginabile, però, un solo bicchiere non poteva bastare per impegnare tutte quelle ore.

All'osteria, le discussioni finivano con l'animarsi molto presto, un po' per il tono della voce che cresceva inesorabilmente e un po' perché sospinte da quella sincerità impellente che solo un buon vino rosso è in grado di regalare anche a chi ne è meno dotato: solitamente, uno dei primi motivi del contendere era quello relativo a quali fossero le donne più belle della valle, se quelle di Campassi o quelle di Renèusi, per poi finire a quali fossero i più bravi canterini. Erano discussioni sentite e gli uomini si agitavano dimenando le mani nell'aria, quasi come se volessero colpire con degli schiaffoni qualche immaginario rivale. Pare che una volta, oltre alle solite offese e minacce, qualche cazzotto volò veramente, probabilmente quando l'ambiente iniziò a surriscaldarsi con l'entrata in circolo di un vinello particolarmente vivace.

Dopo un pomeriggio all'osteria, la processione era – neanche a dirlo – il momento più pericoloso della festa, ma nonostante qualche curva un po' troppo larga e qualche scontro con i terrazzi più bassi, la statua di San Giacomo se la cavò sempre senza riportare grossi danni.

Il finale, comunque, era sempre lo stesso: gli uomini che cantano *i trallallero* tutti insieme, sul muretto della Chiesa di San Giacomo, con Don Gino nei panni della *bagascetta* per la sua riconosciuta abilità nel falsetto e la perpetua Giovanna a tenere il tempo dei *canterin* battendo le mani dietro alla finestra aperta della sacrestia.

Il calendario delle ricorrenze nella valle dei Campassi era fitto e piuttosto concentrato: si partiva il 24 giugno con la festa di San Giovanni, a Vegni, per proseguire pochi giorni dopo in Antola, dove il 29 giugno si festeggiava San Pietro. Un mese dopo, Campassi si preparava a celebrare San Giacomo e dopo poche settimane, ecco la sentitissima festa di San Bernardo a Renèusi, che chiudeva idealmente il periodo delle celebrazioni patronali.

San Giacomo era un importante momento di ritrovo non solo per gli abitanti di Campassi, del Croso e della Boglianca, ma per l'intera valle, che finiva per radunarsi praticamente tutta attorno alla preziosa chiesa del piccolo villaggio, con le persone che arrivavano addirittura da Vegni e Agneto.

Rosa, in piedi sulla terrazza della propria casa, si lisciava i capelli con una spazzola, ascoltando in lontananza il suono delle voci che proveniva da Campassi, che improvvisamente – animato com'era – sembrava essere diventato vicinissimo.

«Deivi, sei quasi pronto? Dai che dobbiamo incamminarci!»

«Arrivo mamma, un momento!!»

«Sto ragazzo è bravo...ma è tanto lungo a prepararsi! Alùa Deivi!!» alzò la voce il padre.

Davide uscì di corsa con indosso il vestito della festa, come lanciato da una molla. Era fasciato in un vestito scuro che tratteneva a fatica il suo corpo ormai adulto – il ragazzo aveva da poco compiuto i diciotto anni – con i pantaloni corti dai quali spuntavano fuori due gambette così sottili che sembravano quelle di un grillo.

Si accodò a Rosa e Giacomo, che si incamminarono lungo la ripida discesa alla volta dei mulini, per poi inerpicarsi sul versante opposto alla volta del Croso.

Giunsero a Campassi giusto in tempo per l'inizio della Messa, ma dovettero assistervi dall'esterno, a causa della tanta gente arrivata quel giorno. Si appoggiarono al muretto in pietra, dove casualmente era rimasto del posto, proprio vicino a Rodolfo e Matilde, i loro cugini di Ferrazza.

Con loro, quel giorno, c'era la figlia Maria, poco meno di dieci anni.

«*Mariuccia, che bella bambina che ti sei fatta!*» esclamò Rosa passandole una mano tra i lunghi capelli corvini.

«*Deivi, te la ricordi Mariuccia? La tua cuginetta di Ferrazza?*»

Davide, paonazzo in volto, alzò appena gli occhi, facendo segno di si con il mento, tornando immediatamente a guardare dall'altra parte.

«*Ahh, sei proprio un orso!*» sbottò Rosa, mentre Davide, finito al centro dell'attenzione, diventò ancora più rosso e intraprese una personale battaglia contro il colletto della camicia divenuto, nel frattempo, troppo stretto. Un po' di fortuna lo salvò da quel momento di imbarazzo.

«*Dreia!*» gridò correndo verso il suo amico, che si avvicinava alla chiesa assieme ai genitori.

«*Guarda, Matilde, non so più cosa fare con Davide. E' passato dall'essere così solitario a non venire più a casa neanche per l'ora della cena, da quando ha fatto* amicizia con Dreia, il figlio di Carlo, il signore che macina al Mulino Gelato. Beata te che non hai di questi problemi...»

«E ti pare che io non abbia problemi con lei?» rincarò la dose Matilde. «Non ha amiche, non ha nessuno con cui giocare, finché riesco le sto dietro io, ma sai non è sempre facile. Per fortuna che ci dà già una mano nelle faccende domestiche e nei lavori all'aperto...ma sai cosa ti dico? Questa valle non ha più futuro...mi spiace per loro che sono giovani, ma farebbero bene a cercarsi un lavoro da qualche altra parte...»

«Eh chissà...non so se Davide riuscirà mai a lasciare Renèusi...in fondo noi abbiamo tutto qui, i terreni, le vacche, la stalla...Giacomo spera che Deivi voglia proseguire nella strada iniziata da lui, se no sarebbe un po' come aver buttato via tutto il lavoro di questi anni...»

«Mariuccia» disse Matilde indicando la figlia «ha già la sua bella testa dura, ma vedremo quando crescerà. E soprattutto, vedremo noi come staremo di salute, perché poi, alla fine, tutto dipende da quello. La valle si sta isolando e se appena appena ci scappa un mezzo problema, bisogna mettere in conto di avvicinarsi ai paesi della bassa valle, per non morire qui da soli, dimenticati da tutti.»

«Va là, hai ragione. Per adesso non voglio pensarci, ma se capitasse qualcosa ho paura che dovremmo anche noi prendere in considerazione di andare nei *paesi vicini, che so, a Vegni o a Cabella. Dì, quando non sai a chi lasciare Mariuccia, portala pure a Renèusi, la facciamo stare un po' con Deivi! Se non si fanno compagnia tra di loro, questi ragazzi...»*

«*Volentieri! Insomma, almeno cresceranno tra di loro e non insieme a dei vecchiacci come noi!*»

Le donne scoppiarono in una risata che fece voltare tutti i fedeli che assistevano alla Messa davanti al portone. Alcuni sollevarono il dito indice portandolo davanti alla bocca e le donne si zittirono immediatamente.

Rosa sbuffò, abbassando gli occhi per un istante, tornando a seguire la funzione. Poi tirò una gomitata a Matilde, facendole segno di guardare dietro di lei, dove Maria, seduta cavalcioni sul muretto, pareva in adorazione dei due ragazzi più grandi, che a loro volta fingevano indifferenza e si spostavano continuamente per evitarla.

Matilde scoppiò a ridere. «*Cominciamo bene...!*» disse sottovoce alla cugina.

VIII

La vita nella valle dei Campassi scorreva tranquilla, anche se la quiete che accompagnava le giornate iniziava ormai a diventare quasi eccessiva. I villaggi si spopolavano a vista d'occhio perché, immediatamente dopo i primi anni cinquanta, una grande ondata di persone aveva lasciato quei luoghi così difficili per raggiungerne altri dove la vita sembrava meno faticosa: le prime fabbriche in città richiamarono molti uomini che, improvvisamente attratti dal richiamo del denaro, decisero di abbandonare le montagne dove erano nati e cresciuti, trascinando con sé l'intera famiglia.

Non era evidentemente il caso di Davide, che proseguiva l'attività del padre con una forza di volontà davvero apprezzabile, ma neanche di Andrea, che nonostante le ripetute minacce di andarsene non sarebbe stato in grado, in quel momento, di separarsi da quello che, per lui, era ormai diventato un amico fraterno.

Un giorno, mentre Davide era al pascolo con gli animali nei pressi del Monte delle Tre Croci, Andrea sbucò tra le foglie da uno stretto sentierino, grondante di sudore.

«Belin Dreia! Cosa ci fai su di qui? Questo è il mio territorio!» lo punzecchiò Davide.

«Son venuto a trovarti...giù al mulino oggi è tranquilla e mio papà va avanti da solo...madonna ma che brutto sto sentiero qui! Non l'avevo mai fatto, è tanto sporco!»

«Per forza, sei passato nel sentiero degli animali!»

Andrea si accese una sigaretta.

«Sah, dai, fammi un po' vedere come le tieni a bada ste vacche! Che poi mi sembrano tanto tranquille... ma c'è bisogno di starci dietro ogni secondo come fai te?»

«Ma le vacche adesso stanno riposando, non vedi? Io sto facendo solo qualche lavoretto qui intorno, ma le bestie stanno bravissime anche senza di me...»

Dreia si coricò nel prato, guardando il cielo azzurro autunnale sopra di sé.

«Che pace! Si sta fin bene, qui sopra...mica come al mulino che per vedere il sole devo disboscare mezza montagna! Anzi, Deivi, già che mi viene in mente: ho bisogno che una sera, quando hai finito, tu venga giù a darmi una mano perché c'è quel carpino dietro al mulino – sai, quello sotto al quale ci nascondevamo a vedere il capriolo, quando eravamo piccoli – che è da tagliare, ma è in un brutto posto e non mi fido a mettermi a lavorarci da solo...»

«Basta dirlo! La settimana prossima?»

«Ma sì, la prossima, o l'altra ancora. Non facciamo

solo venir troppo tardi perché poi comincia a fare brutto tempo...»

Dreia si tirò su seduto al centro del prato, prese il ramo di un albero da terra ed estratto dalla tasca il coltellino che portava sempre con sé, iniziò a modellarlo con una dedizione tale da sorprendere anche Davide.

«Euh, ma allora oltre a macinare delle castagne sai anche fare dell'altro!»

«Vai a cagare! Tu non sei capace di fare queste cose qui eh? Opere d'arte!» gridò sventolando il legnetto per aria come un venditore ambulante al mercato.

«Tieni, questo te lo regalo in segno della nostra amicizia» disse Andrea, mentre infilava un filo d'erba nell'occhiello che aveva creato con il coltellino, come se fosse il cordino di un ciondolo. Lo legò al collo di Davide, che si chinò a riceverlo quasi come se fosse una medaglia.

«Grazie Dreia, sei un amico» disse Davide abbracciandolo. *«E visto che sei un amico, voglio confidarmi con te».*

«Sono tutto orecchi. Anche tu però...» e indicò le orecchie a sventola di Davide.

«Dai stupido! Ti è mai capitato di innamorarti?»

«Hai detto che dovevi confidarti o che mi avresti interrogato?» scherzò Andrea.

«*Dai, belinone! Sono serio!*»

«*Sì, mi è capitato. Almeno, credo! Di una ragazza dei Campassi, la Giuliana, magari sai anche chi è. Lei però è partita e ora vive a Ronco Scrivia.*»

«*E come fai a non pensarle ogni istante?*» disse Davide, curioso come un bambino.

«*La distanza cancella il ricordo*» intervenne, perentorio, Andrea. «*Quando una persona si allontana, anche se ti manca, poi finisci per abituarti alla sua assenza. E così, ora, quasi non me ne ricordavo, almeno fino a che non mi ci hai fatto pensare tu...*»

«*Non sono d'accordo! Se tu te ne andassi, io non riuscirei a dimenticarmi di te!*»

«*Sì ma funziona così con l'innamoramento, noi non siamo innamorati! Almeno, io non sono innamorato di te...sei bravo eh, ma sei bruttino...con quelle orecchie...onestamente, non sei il mio tipo...*»

«*Scemo, neanch'io sono innamorato di te, ci manca ancora!*»

«*Poi sei troppo peloso...*»

«*Allora la pianti?!*»

«*Sah, dai, vieni al dunque!*»

«*Allora senti qua: ti è mai capitato di innamorarti di tua cugina?*»

«*Oooh belin, lo sapevo...*»

«*Cosa sapevi?*» indagò Davide.

«*Che ti piace Maria...si vede lontano un chilometro dai...quando arriva lei cambi gradazione di colore..»*

Davide si schermì «*Esagera! Però ti sfido a dire che la Mariuccia è brutta...»*

«*No no, non lo dico infatti, è una gran bella ragazza. Stai solo attento a quello che fai...»*

«*In che senso?»*

«*E' pur sempre tua cugina!»*

Davide cambiò espressione, tornando serio. Poi tirò un lungo sospiro, scrutando l'orizzonte.

«*Posso dirti che sono contento di non essere nella tua situazione»* rincarò la dose Andrea. «*E' vero che sono cose che sono sempre successe e nessuno ha mai sollevato scandali, però sappiamo benissimo come la pensa la Chiesa...e un po' di rimorso, almeno quello, alla fine ti rimane dentro.»*

«*Sono combattuto, Dreia»* lo interruppe Davide «*ma su questo versante di valle ci siamo solo io e lei, niente di più. Sto cercando di trattenermi, poi sono timido, lo sai, ma non so fino a quando potrò resistere. Se almeno riuscissi a parlarle...»*

«*Segui il tuo istinto, fai quello che credi sia giusto»* gli disse Andrea appoggiandogli una mano sulla spalla «*ma sappi che, comunque, io sarò dalla tua parte.»*

Davide pensò a lungo, in quelle settimane, a come comportarsi con la cugina, verso la quale sentiva di provare sempre una maggiore attrazione. La valle era piccola e temeva che la voce di una loro storia potesse spargersi molto velocemente, fino a diventare poi incontrollata e uscire allo scoperto, arrivando anche alle orecchie sbagliate.

Non credeva che i suoi genitori, né tantomeno quelli di Maria, si sarebbero opposti ad una loro relazione: in fondo, a quei tempi, in quei luoghi così isolati, non era raro che persone legate da vincoli di parentela si frequentassero. Era una specie di consuetudine, tollerata – per così dire – da tutti, che chiudevano uno o entrambi gli occhi di fronte all'evidenza, seppur la rigorosa morale religiosa lo impedisse. Persino da chi quella morale doveva contribuire a diffonderla tra la gente.

Quando a don Giuseppe fu comunicato il trasferimento in montagna, nell'alta valle, fu egli stesso ben consapevole che questa sarebbe stata una delle problematiche che avrebbe dovuto affrontare e si promise di valutarla caso per caso, solo qualora si fosse posta, senza assumere posizioni preventive basate solo sulle parole delle Scritture. L'apertura mentale priva di preconcetti del parroco si rivelò un bene per Davide, che un giorno decise di andargli a parlare.

Si recò di prima mattina a dorso del suo mulo

fino a Vegni e bussò in maniera non troppo decisa alla porta della canonica.

«*Avanti!*» tuonò il vocione del parroco.

«*E' p-permesso?*» disse il ragazzo con un filo di voce, aprendo la porta senza fare rumore.

«*Oh Davide! Quale buon vento ti spinge qui?*»

«*Buongiorno Padre, le porto i saluti della mia famiglia!*»

«*Uhm...ricambia Davide, ma suppongo tu non sia venuto fin qui di buon'ora solo per portarmi i saluti di Giacomo e Rosa!*»

«*Ehm...n-no Padre...io, ecco...io...avrei bisogno di parlarle per qualche minuto...*»

«*Caspita, ci mancherebbe! Siediti qui*» disse il parroco tirando rumorosamente verso di sé un'impolverata sedia di legno.

Davide rimase in piedi appoggiandosi solo alla sedia offertagli dal parroco.

«*Padre io mi sento molto solo a Renèusi.*»

«*Ti capisco, figliolo. Non è per nulla facile vivere in mezzo a queste montagne, ma vedo che tu lo stai facendo con lo stesso orgoglio, la stessa dedizione e la stessa passione di tuo padre Giacomo.*»

«*Grazie Padre. Ma io non me ne voglio andare, sia chiaro. E' solo che...non so come spiegarle...ma a un certo momento poi ecco...viene voglia di farsi una famiglia...*»

«*Assolutamente, è lo scopo della nostra esistenza,*

Davide» lo rassicurò il parroco.

«*Ecco, ma quali sono le regole della Chiesa, in questo senso?*» domandò Davide, sempre più rosso e con gli occhi fissi sul pavimento.

«*Ah ah ah ah!*» don Giuseppe esplose in una sonora risata per l'inaspettata domanda e si lasciò cadere su una sedia. «*Davide sei tremendo, questa da te non me l'aspettavo! Mi metti in difficoltà, lo sai?*»

«*Oh Padre ma no io...*»

«*Senti, adesso ti faccio io una domanda*» disse il parroco, che già aveva intuito dove sarebbe andato a finire il ragazzo. «*Ma tu, come lo immagini Dio?*»

Davide spalancò i grandi occhi e sollevò lo sguardo, incrociandolo con quello del parroco.

«*Rispondimi, come te lo immagini? Come un gendarme vendicativo, sempre pronto a estrarre dalla fodera la pistola per punire chi non segue la sua parola? O come un padre di famiglia sempre disposto ad abbracciare e perdonare chi sbaglia?*»

«*Come un padre di famiglia...*»

«*...sempre disposto ad abbracciare e perdonare chi sbaglia*» completò la frase il parroco. «*Tutti sbagliamo, chi non sbaglia non è umano. L'importante è che Dio ci possa offrire il suo perdono, sempre. E il perdono di Dio lo si guadagna giorno dopo giorno, cercando di amarlo e di* *pregarlo pur tra mille difficoltà e in situazioni anche difficili come la nostra.»*

Davide fece segno di sì con il capo, aggrottando le sopracciglia come per cercare di cogliere il significato nascosto delle parole di don Giuseppe.

«Io non credo che la felicità di due persone possa turbare l'animo buono di Dio. Per questo ti dico: cerca sempre di rispettarlo, ma allo stesso tempo cerca anche la tua felicità. Perché se Dio fosse seduto al mio posto, in questa sacrestia, sono certo che ti direbbe la stessa cosa.»

«Lei crede?»

Don Giuseppe si alzò dalla sedia, appoggiando la sua grossa mano sulla testa di Davide. *«Io credo di sì. Ora vai a cercare la tua felicità.»*

«Grazie Padre...»

Davide si inginocchiò davanti al grosso crocifisso impolverato appeso nella sacrestia, fece il segno della croce e uscì.

Don Giuseppe lo accompagnò fin sulla porta, osservandolo mentre saliva a dorso del mulo.

«Porta la mia benedizione alla tua famiglia!»

«Non mancherò!» disse il ragazzo, prima di scomparire lungo la mulattiera.

IX

Il freddo era pungente e penetrava sotto ai pesanti maglioni e alle giacche: l'ottobre del 1955 era quasi più simile ad un gennaio dei peggiori. Giacomo conosceva la valle come le stanze della sua casa, ma in quel buio continuava ad inciampare, con la luce della lanterna che sembrava sempre troppo debole per permettergli di vedere bene: si sa, in quella stagione l'oscurità scende in un attimo, coprendo le montagne fino a nasconderle del tutto.

Era stato raggiunto d'urgenza da un contadino dei Casoni, che lo aveva trovato ancora nella stalla, dove aveva appena condotto la mandria, per dirgli che avrebbe dovuto seguirlo, perché a Ferrazza era appena successa una tragedia.

Quel freddo inaspettato aveva fatto sì che l'intera valle si mobilitasse per velocizzare l'operazione di trasferimento della legna per l'inverno. Nella bella stagione, i contadini avevano tagliato una grande quantità di alberi nei boschi che sovrastano i tre villaggi: tutta quella legna, però, era rimasta, ordinata, a riposare ai bordi delle rispettive proprietà, in attesa di essere trasferita nelle stalle delle abitazioni. Per portarla giù, era necessario azionare la teleferica di Ferrazza, operazione che avveniva solo una o due volte all'anno.

Così, quel giorno, erano stati chiamati a raccolta i ragazzi più giovani e gli uomini più forti per la delicata operazione di trasferimento dei tronchi. Tra di loro, Davide e Andrea avevano il compito di slegare la legna, accatastandola in un grosso terreno nei pressi di Ferrazza da cui poi sarebbe partita alla volta delle stalle – e delle stufe... - della valle.

Il respiro di Giacomo si faceva affannoso, in parte per la corsa ed in parte per il gelo. Nessuno gli spiegò nulla e quando arrivò a Ferrazza, puntò la lanterna verso un gruppo di persone disposte in cerchio nei pressi dell'arrivo della teleferica.

«*Ehi che succede?*» gridò.

«*E' il padre?*» chiese una voce.

Giacomo per poco non svenne.

«*Che succede??*» gridò in preda allo spavento, spostando le persone davanti a lui con la mano libera.

Vide un corpo a terra e cercò di illuminarlo con la luce della lanterna, scorgendo il volto di un ragazzo. Si sentì improvvisamente prendere per un braccio e si voltò d'istinto, vedendo Davide in lacrime che faceva per abbracciarlo.

«*Deivi!! Stai bene??*»

Il ragazzo singhiozzava «*Dreia è morto!!*»

Il sollievo del padre nel riabbracciare il figlio, si trasformò in un macigno che lo fece vacillare.

«*Dreia!*»

Cercò di voltarsi per guardarlo meglio: il ragazzo era a terra, con il volto tumefatto, quasi irriconoscibile. Non distante da lui, un enorme tronco. Giacomo comprese subito l'accaduto.

«*Si è rotto il cavo che teneva il tronco, e l'ha preso in pieno...*» disse Davide, che non riusciva a smettere di piangere.

«*Bisognerebbe avvisare i genitori...*» si udì tra la folla, proprio mentre arrivava trafelato Carlòn, che aveva abbandonato in fretta e furia il mulino, avvisato a sua volta da qualcuno.

Giacomo si staccò da Davide e avvolse in un intenso abbraccio il padre del ragazzo, che ancora non si capacitava dell'accaduto. Era un abbraccio che non avrebbe mai voluto porgergli.

«*E' stata una fatalità...*» dicevano le voci della gente. «*Erano gli ultimi tronchi, poi avrebbero smesso...*»

Carlòn, con lo sguardo perso nel vuoto,

sembrava non ascoltare nessuno, perso in chissà quali drammatici pensieri. Da quel giorno perse praticamente la parola, talmente forte fu l'impatto con il tragico evento che colpì il figlio.

Le lanterne aumentavano ogni istante che passava, mentre il buio si faceva sempre più fitto.

Tutte quelle luci rompevano la monotonia della notte creando un effetto simile a quello di un presepe, ma i sentimenti che si nascondevano dietro a quelle luci erano ben diversi.

Una luce da sola era distante dalle altre. Era ai piedi di Davide, che seduto su di una grande pietra, con la testa tra le mani, piangeva a dirotto, ma senza fare rumore. Ora, era rimasto davvero solo.

X

Il giorno del funerale di Dreia il freddo era, se possibile, ancora più fastidioso del giorno della sua morte. La nebbia, inizialmente appoggiata sui crinali delle montagne, sembrava aver atteso che don Gino – nel gelo dell'Oratorio di San Giacomo – impartisse la benedizione alla salma del ragazzo per scendere più in basso dei tetti delle case, infilandosi tra i terrazzi e le corti di Campassi.

Davide, in piedi in fondo alla chiesa, aveva la testa bassa, appesantita dai cattivi pensieri e lo sguardo anch'esso freddo, privo di qualsiasi sentimento. Vicino a lui, Giacomo, nonostante l'aspetto di una persona che nella vita le ha viste tutte, ogni tanto alzava gli occhi lucidi verso il cielo, quasi come gli scorresse davanti alla vista l'immagine del volto di Dreia. In prima fila, Carlon si stringeva alla moglie ancora incredulo per quello che era accaduto: era stato un duro colpo per lui e a guardarlo così sembrava di colpo essere invecchiato di una manciata di anni.

Mentre i paesani abbandonavano la chiesa per dirigersi verso il cimitero, Davide, senza mai alzare lo sguardo da terra, si trascinò fino al muretto che delimitava il sagrato, sedendosi stancamente sopra di esso, con le gambe a cavalcioni e lo sguardo rivolto verso il mare di nebbia sotto al quale si nascondeva la valle.

Si arrotolò una sigaretta, la accese con un fiammifero e diede una profonda boccata, quindi frugò nuovamente nelle tasche, estraendo – questa volta – il ciondolo che Dreia aveva intagliato nel legno con il coltellino, rigirandolo tra le mani.

Là davanti, sotto a quella fitta coltre grigia, c'era Ferrazza, dove aveva visto per l'ultima volta il suo amico. Ripensò al giorno in cui conobbe Dreia, a quel momento in cui quel piccolo ragazzo dal volto vivace sbucò alle spalle di Carlon e all'intesa che tra loro nacque subito. Ripensò alle giornate nei boschi, alle serate nascosti dietro al mulino. A quella volta in cui confidò al suo amico che si stava innamorando di Mariuccia.

«*Non essere triste...*»

Una voce ruppe i pensieri di Davide, riportandolo bruscamente alla realtà.

«*Deivi mi spiace. Mi spiace tantissimo, ma non voglio vederti triste.*»

Maria era ridiscesa dal cimitero e, visto Davide

di spalle, lo aveva raggiunto.

«*Non è giusto*» disse Davide. «*Come posso non essere triste? Dimmi, come posso??*»

«*Lo so che non è giusto, ma tu non potevi farci nulla!*» disse Maria, scuotendo Davide come per risvegliarlo dal torpore in cui era caduto.

«*Questo lo dici tu!*» attaccò Davide, lanciando il mozzicone e voltandosi verso la ragazza con gli occhi di colpo rinvigoriti.

«*Dreia voleva andarsene, me lo diceva sempre. Voleva andare in città, diceva che là c'era lavoro e che si viveva bene. Glielo avevano detto anche i suoi amici che se ne erano andati a vivere giù nel fondovalle. Io però volevo che restasse qui, perché era l'unica persona a cui ero riuscito ad affezionarmi e se fosse partito sarei rimasto solo.*

Non ti nascondo che a volte mi sono vergognato delle balle che gli raccontavo per convincerlo in tutti i modi a rimanere. Ma forse, se non avessi opposto tutta questa resistenza, sarebbe partito evitando di fare la fine che ha fatto!»

«*Ma come puoi dire queste stupidaggini?! Deivi tu puoi prendere tutte le decisioni che vuoi, puoi partire, restare, impedire a una persona di andarsene o mandarla via...ma tutto quello che tu fai non conta, quando entra in ballo il destino.*

Era destino che Dreia sarebbe morto e tu non potevi impedirlo in alcun modo. D'altra parte, come si può combattere contro una forza così grande??»

Davide scuoteva la testa, inconvincibile. Maria si fece più vicina a lui e si protese per cingerlo in un abbraccio.

La nebbia intanto si era ritirata e la valle, dopo una lunga assenza, era ricomparsa con tutte le cose ancora al suo posto, ma sotto a un cielo grigio da far paura.

«*Forza Mariuccia! Andiamo!*» Gridò la madre dalla mulattiera.

«*Si, arrivo!*» La ragazza mollò furtivamente un bacio sulla guancia di Davide, che si voltò sorpreso divenendo nel giro di un istante rosso come un peperone.

«*E' destino!*» gli sussurrò Mariuccia all'orecchio, prima di andarsene, lasciandolo a bocca aperta, con le gambe penzoloni sul muretto.

La malinconia per la perdita dell'amico lasciò per un attimo spazio a un tremolio che gli attraversò il petto, una sensazione mai provata prima ma che gli lasciò un sapore buono in bocca.

Si voltò verso la stradina che saliva accanto alla chiesa, guardando Maria allontanarsi e, per un attimo, ebbe voglia di rincorrerla per abbracciarla, ma desistette. Si limitò a stringere forte il ciondolo che l'amico gli aveva donato, guardando verso il cielo con gli occhi lucidi.

XI

Il giorno di San Bernardo, Renèusi indossava il vestito della festa. Le famiglie rimaste, seppur poche, tenevano a far sì che tutto fosse perfettamente in ordine, perché il 20 di agosto *bisognava fare bella figura*. Ai più anziani luccicavano gli occhi e anche se non era più come una volta, quella giornata aveva sempre un fascino particolare, che si avvertiva già dal mattino, quando si spalancavano le finestre sul verde intenso della vallata.

Rosa era già da qualche ora in cucina, intenta a preparare un buon pranzo per gli ospiti, i cugini di Ferrazza Adolfo, Matilde e la figlia Maria. Giacomo, dopo una veloce scappata nella stalla per assicurarsi che gli animali avessero le mangiatoie piene, era tornato in casa ma la moglie lo aveva cacciato sul terrazzo.

«*Giacomo spostati!*»

«*Ma allora! Di qui non va bene, di là non va bene... me lo dici cosa devo fare?!*»

«*Mi ingombri, la cucina è piccola!*»

«*Oh Gesù ancora con sta storia della cucina piccola!*»

«*O fai qualcosa e ti rendi utile oppure vai fuori perché qui ci pestiamo i piedi!*»

Dopo poco, Giacomo passeggiava sul terrazzo come un'anima in pena: per lui non era così usuale passare la mattina a casa e si sentiva quasi fuori luogo. Però, in compenso, approfittava di quegli attimi per soffermarsi sui particolari del paese, piccoli dettagli che gli erano sempre sfuggiti.

«*Rosa!*»

«*Eh!*»

«*Ma quel forno lì sulla casa di Miglio c'è sempre stato?*»

«*Ma certo Giacomo...*»

«*Mah...io è la prima volta che lo vedo...*»

Si voltò verso l'oratorio: il bel campanile a vela, con incisa la data 1899, spuntava tra i rami degli alberi e si avvertiva già un fitto vocio di persone provenire da quella direzione. Gli anziani dei paesi vicini, come ogni anno, si sarebbero accorti di essere arrivati troppo in anticipo e allora si sarebbero incamminati per far due passi tra le case, lungo le viuzze ciottolate di Renèusi, evitando accuratamente di passare davanti all'osteria, perché da lì sarebbe poi stato difficile riuscire a tornare indietro per assistere alla Messa.

«*Dov'è Deivi?*» chiese Giacomo.

«*Si starà preparando!*» gridò la moglie dalla

cucina.

«*Ultimamente è più lungo di una donna!*» disse ridendo il padre. «*Deivi va bene che oggi abbiamo ospiti, ma insomma...non è che puoi diventare bello tutto di colpo...*»

Davide si sentì tirato in causa. «*Piantala pà!*»

Nonostante il borgo si stesse progressivamente spopolando e nonostante la stessa sorte stesse toccando ai villaggi dei dintorni, anche quell'anno, come sempre, l'oratorio era pieno di gente. Davanti alla statua di San Bernardo, posata per l'occasione nei pressi dell'altare, le signore si facevano aria con il ventaglio, mentre gran parte degli uomini erano seduti sul muretto davanti alla chiesa e tutto facevano, tranne che ascoltare in silenzio le parole di Don Giuseppe.

Erano state come sempre parole di conforto, parole positive per il futuro della comunità, che non volevano in alcun modo rovinare quella giornata di festa. Già ne passavano tante, di giornate difficili, lassù.

Al termine della funzione, il parroco diede appuntamento a tutti per il vespro del pomeriggio, con annessa processione, augurando, come di consueto, un felice pranzo a tutte le famiglie.

A casa Bellomo, la tavola era quella delle grandi occasioni e Rosa aveva sfoderato tutte le sue migliori pietanze per soddisfare i parenti, che sembravano aver particolarmente apprezzato. Dopo aver chiesto il permesso alla moglie, Adolfo aveva già slacciato il bottone dei pantaloni e aveva allungato il più possibile le sue corte gambette, quasi come se potesse servirgli per respirare meglio. Ragionava con Giacomo di animali, mentre Davide e Maria, terminato il pranzo, si erano spostati sulla terrazza per trovare un po' di intimità.

«Riusciremo a stare un po' da soli oggi?» chiese Maria al ragazzo.

«Adesso siamo soli...»

«Ma cosa soli...ci sono i nostri genitori dietro a quella porta!»

«Ma sì, ma staranno parlando di chissà cosa...non sapranno neanche più se esistiamo...»

Davide si avvicinò, portando il suo volto a pochi centimetri da quello di Maria. La guardò intensamente negli occhi, poi le passò una mano tra i capelli.

«Come sei bella...»

«Deivi...»

La porta che conduceva sul terrazzo si aprì all'improvviso e i due si allontanarono all'istante.

«Ragazzi non mangiate più? Possiamo togliere i piatti?»

«*No mamma*» rispose Davide, fingendo indifferenza.

«*Hai visto?!*» gli disse furibonda Maria. «*Guarda che se ci scoprono è l'ultima volta che mi vedi qui!*»

«*Abbracciami Maria...*» disse Davide avvicinandosi nuovamente, proprio mentre Rosa richiudeva la porta, lasciando intravedere agli ospiti seduti a tavola una frazione di secondo del loro abbraccio.

La ragazza era combattuta. Provava attrazione per Davide, per tutto quello che sapeva fare e per quel suo modo di essere, un po' schivo e introverso. Allo stesso tempo, però, era ben consapevole del fatto che, essendo parenti, la loro relazione non avrebbe mai potuto rimanere alla luce del sole. Forse fu proprio questo senso di proibizione a spingerla ancora di più tra le braccia di Davide, che alla bellezza di Maria, proprio non seppe resistere.

Alle cinque del pomeriggio, dopo il vespro, la processione si incamminò tra i vicoli di Renèusi guidata dalle donne con le croci, seguita da Don Giuseppe, aiutato da qualche ragazzino dei paesi vicini – visto che a Renèusi bambini non ne erano più rimasti – e conclusa dalla folla, che recitando il Santo Rosario seguiva a breve distanza la statua in legno di San Bernardo.

Davide e Maria, confusi tra la gente, si defilarono lentamente ai margini della processione e, in un punto non distante dalla casa dei genitori, lui la prese per un braccio trascinandola con sé sotto a un portico.

«*Deivi ma sei matto??*»

«*No, perché? Qui, almeno, non ci vede nessuno...*» e la baciò appassionatamente.

Appena la ragazza riprese fiato, lo redarguì. «*Ma come fai a sapere che non ci ha visti nessuno, con tutta la gente che c'era in processione oggi??*»

«*Ma sì stai tranquilla...che succederà mai!*»

«*Deivi mi fai incavolare quando fai così! Guarda che noi siamo cugini...*»

«*Siamo due cugini che si vogliono bene, e allora?*»

Maria sbuffò, poi sorrise. «*Mi piace quando sei così ostinato!*»

Intanto, nel mezzo della processione, Adolfo, che camminava fianco a fianco con Giacomo, aveva seguito con lo sguardo i due ragazzi che attraversavano la folla fino a scomparire: quei pochi istanti di abbraccio intravisti al termine del pranzo lo avevano insospettito e così aveva avuto per loro, durante tutta la giornata, un occhio di riguardo, cercando di studiare i loro atteggiamenti.

Fu la goccia che fece traboccare il vaso: quando i due tornarono nei pressi dell'oratorio e se li ritrovò davanti, trattenne a stento il nervoso. Guardò Davide con aria di sfida, costringendolo ad abbassare immediatamente lo sguardo, intimorito. Prese la figlia per mano e la trascinò con sè sul sentiero, alla volta di Ferrazza.

«*Forza Maria, andiamo. Ti sei già divertita troppo per i miei gusti, oggi.*»

XII

Quella sera, il cielo sembrava un tappeto di stelle. Davide era teso come mai prima di allora: sentiva il peso di una grande responsabilità avvicinarsi, ma allo stesso tempo era impaziente, non stava letteralmente più nella pelle. Proprio lui che era sempre così misurato, calmo e perso nei suoi pensieri!

La relazione con Maria continuava ormai da qualche tempo. Clandestinamente, sia chiaro. Ma era ormai evidente a tutti che tra i due ci fosse qualcosa di più di una semplice amicizia.

Un giorno, passando da Ferrazza con il mulo, l'aveva trovata intenta a raccogliere il fieno con la forca sui terreni poco sopra al sentiero per i Casoni e si era fermato – come faceva sempre – a scambiare quattro chiacchiere.

Già da qualche settimana gli era balzata in mente l'idea di invitarla alla carbonaia sopra al paese, quella dove andava spesso a passare gran parte delle sue giornate. Qualche volta gli era capitato di fermarsi un po' più a lungo, soprattutto sul finire della primavera, quando le giornate sono ancora abbastanza lunghe da non farti capire quando sta per scendere la sera ed era rimasto colpito dalla meraviglia di panorama che questo angolo di appennino regalava.

Pensò subito a lei, ebbe immediatamente la certezza che le sarebbe piaciuto. E poi portarla in un luogo così intimo, per lui, sarebbe stato come portarla a casa propria.

Le avrebbe raccontato un sacco di storie sulle montagne che si vedevano dalla carbonaia, sugli animali che passavano veloci nel bosco mentre lui era intento a raccogliere il carbone. Per alcuni giorni non pensò ad altro, solo a come dirglielo. Poi, quando se la ritrovò davanti, quasi la spiazzò.

«Maria, domani ti faccio vedere le stelle!»

«Oh Gesù! Deivi...»

La ragazza si girò di scatto lasciando cadere la forca e facendosi due volte il segno della croce, mentre Davide rideva come un bambino.

«Ah ah ah! Ti porto alla carbonaia, a vedere le stelle! Vedessi che spettacolo!»

Maria tirò un sospiro di sollievo e cambiò immediatamente espressione, abbandonando la difensiva.

«Le stelle? Alla carbonaia? Che meraviglia!»

«Vedrai con i tuoi occhi e poi mi dirai cosa ne pensi!»

«Se riesco a convincere mio papà...»

Davide rimase in silenzio, perso nei suoi pensieri: non aveva minimamente considerato il più grande ostacolo, il padre di Mariuccia: figurarsi se l'avrebbe lasciata uscire di sera - da sola - con lui. D'altra parte, se Davide era ormai un uomo – aveva già compiuto ventinove anni – Maria era poco più di una ragazza che si avvicinava ai venti.

Matilde, la madre di Maria, era molto legata alla famiglia di Davide e alla cugina Rosa e così, più cresceva l'amicizia e l'intesa tra i due ragazzi, più si sentiva tranquilla. Lo stesso non si può dire del padre Adolfo, che non vedeva di buon occhio quel ragazzone così introverso e strano, tanto da ritenerlo una minaccia per la figlia: si limitò perciò a tollerarne la presenza per non turbare i rapporti di parentela della moglie e, soprattutto, per ragioni di convenienza.

Era infatti accaduto più d'una volta che la famiglia Franco si trovasse in gravi difficoltà economiche, superate sempre grazie all'intervento dei Bellomo che, da buoni parenti, avevano prestato ai cugini i soldi necessari a risolvere i problemi. Fu per questo che Adolfo mai osò ribellarsi alla presenza, per lui sempre più invadente, di Davide.

La carbonaia si trovava in un punto in cui il

versante della montagna spianava leggermente, tra il paese e il Monte delle Tre Croci, dando origine a un bel gruppo di prati, circondati da una fitta faggeta che copriva buona parte della vista sulla valle, ma che in compenso dava l'idea di essere a pochi passi dal cielo.

Mariuccia era entusiasta di quella proposta. Le stelle! E dire che c'erano notti così serene, specie in inverno, che anche da Ferrazza, dal balcone della casa dei suoi genitori, si vedeva un cielo meraviglioso. Ma era l'idea di poter condividere con qualcuno la bellezza di quel momento, a renderla così vogliosa di provarlo. L'agitazione era così forte che a tavola, alla sera, non toccò cibo.

«Mà, stasera esco con Deivi.»

«Deivi, Deivi, Deivi! Ma cosa avrà di così particolare questo Deivi?!» saltò su il padre con un tono ironico che nascondeva però ben altri sentimenti.

«Lascialo perdere, Maria» intervenne la madre «tuo papà è geloso adesso che ti sei fatta così una bella ragazza! Però, insomma...va bene di giorno... ma adesso anche di sera dovete uscire? Lo sai che di sera anche l'osteria ormai è chiusa...dove pensate di andare?»

«Deivi ha detto che mi porta alla carbonaia a vedere le stelle!» disse Maria, entusiasta.

«*Per la carità!*» tuonò Adolfo, mordendosi la lingua.

«*Tesoro mio, dai, per questa volta lascia perdere. Con Davide vi vedrete domani, lo andrai a trovare sull'alpe, ma di sera non voglio che tu esca*» cercò di convincerla Matilde.

«*Mamma dai...io mi trovo bene con Deivi, è l'unico amico che ho! E poi...non facciamo mica niente di male!*»

«*Che non facciate niente di male è ancora tutto da vedere!*» intervenne con voce ferma il padre.

«*Ma papà...*»

«*Ma papà un bel niente, stasera non esci proprio con nessuno! Con Davide farò un discorsino io, un giorno o l'altro!*»

Maria infilò la scala con gli occhi gonfi di lacrime, rifugiandosi nella sua stanza.

«*Non saremo mica stati troppo duri?*» disse Matilde al marito.

«*Matilde io comincio a essere preoccupato. Nostra figlia è sempre con Davide, te ne rendi conto? E ti rendi conto che Davide è suo cugino? Amici, amici... ma qua lo sanno tutti che c'è sotto dell'altro. E adesso pure a vedere le stelle alla carbonaia! Ma siamo matti??*»

«*Lo so Adolfo, il dubbio è venuto anche a me...ma ti ricordi cosa hanno fatto per noi Giacomo e Rosa? Lo sai che di loro abbiamo sempre avuto bisogno, per un motivo o per l'altro...come faccio a tagliare i rapporti? Guarda che poi rimaniamo soli davvero...»*

«Matilde tu stai vendendo tua figlia! Te ne rendi conto? E per giunta a un povero ignorante!» alzò il tono Adolfo.

«E allora trovala tu una soluzione!» rispose guardandolo dritto negli occhi la donna. *«Cosa vuoi fare? Scappare? Scappiamo, se vuoi! Ma non abbiamo un'altra casa dove andare ad abitare, sappilo!»*

Adolfo si lasciò cadere sulla sedia e sbuffò, passandosi una mano sugli occhi come se si fosse appena svegliato.

«Matilde...»

«Dimmi...»

«E se ce ne andassimo davvero?»

«Certo! E dove?? Adolfo, sai ancora quello che dici?»

«Matilde, sveglia! I nostri cugini sono pieni di soldi, giusto?»

«Giusto...»

«Se ci mettessimo a cercare una casa in città, o comunque nella bassa valle o nei dintorni, potremmo chiedere loro un aiuto economico per comprarla, con la scusa di cautelarci dalla vecchiaia, dall'incertezza del futuro e tutte quelle belle cose di cui parliamo sempre...salvando così anche il domani di nostra figlia, che rimanendo qui rischierebbe solo di rovinarsi...»

«Uhm...non mi sembra una grande idea...»

«Mariuccia potrebbe cercarsi un lavoro e

guadagnare qualche soldo, potrebbe trovarsi un marito. Rimanendo qui me lo dici cosa farebbe? Rastrellerebbe del fieno tutto il giorno, e andrebbe a finire che si sposa con Davide!»

«Eh...»

«E allora Matilde! Non perdiamo tempo! Anche noi potremmo trovare qualche impiego e, piano piano, restituire tutti i soldi ai tuoi cugini in modo da non lasciare debiti in giro, che è l'ultima cosa che voglio!»

Matilde annuiva alle parole di Adolfo, anche se si era già proiettata all'idea – paventata dal marito – di abbandonare i luoghi dove erano nati e cresciuti, faticando a nascondere un'espressione di dispiacere. Sarebbe stato come ricominciare tutto da capo, anche se forse – questo sì – con molte più possibilità per garantire un futuro degno alla propria famiglia.

«Adolfo sei tu il capofamiglia, sei tu che hai il nostro destino in mano. Io e Maria ci affidiamo a te, convinte che se ci sarà da fare dei sacrifici li faremo tutti insieme.»

«E allora comincia a sondare il terreno parlando con tua cugina, io intanto mi muoverò per cercare una casa. Quando tutto sarà fatto, con Davide ci parlerò io e vedrai che sarà la cosa meno difficile fargli accettare di staccarsi da nostra figlia.»

Maria, accovacciata sul letto, aspettava che i genitori spegnessero le ultime candele e andassero a dormire. Convinti di averle impedito di uscire, in effetti, i due si ritirarono piuttosto tranquilli, senza pensare che l'ostinazione della ragazza sarebbe stata più forte dei loro divieti.

Davide, con la scusa di fare un giro a vedere le bestie nella stalla, aveva preso invece la strada per Ferrazza, fermandosi nei pressi della cappella che precedeva l'ingresso in paese, dove si era dato appuntamento con Maria. Camminava avanti e indietro, lanciando di tanto in tanto qualche sassolino nel lavatoio che si trovava nei pressi della cappelletta: Maria non si vedeva e il ragazzo pareva quasi convinto di tornarsene a Renèusi.

«Ho sbagliato tutto ancora una volta, sono un buono a nulla! Eppure oggi sembrava così felice quando l'ho invitata...»

Si girò a guardare per un'ultima volta il profilo buio della grande casa di Ferrazza dove Maria viveva con i genitori, poi prese il sentiero di casa, avviandosi a testa bassa verso Renèusi.

In punta di piedi e con la lanterna spenta in mano, intanto, Maria scendeva le scale cercando di ricordarsi il numero esatto dei gradini, per non inciampare e rovinare tutto. Spinse appena la porta, che si aprì emettendo un sottile cigolio:

le sembrò così forte che tutti l'avrebbero udito.

Si fermò di scatto, smettendo perfino di respirare, immaginandosi già l'ombra del padre in cima alla scala e le botte che si sarebbe presa. Ma fortunatamente, nessuno si affacciò là sopra. Così la ragazza, fattasi nel frattempo ancora più piccola per passare attraverso lo stretto spazio della porta, si lanciò fuori in una corsa verso la madonnina che segnava la fine del paese.

Davide, che si era appena incamminato verso Renèusi, avvertì dei passi veloci alle sue spalle e fece appena in tempo a voltarsi per vedere la piccola figura di Maria che correva verso di lui. La ragazza, appena fu a tiro, gli saltò in spalla cingendogli il collo con le braccia e sul volto di Davide fece finalmente la sua comparsa un bel sorriso.

«Hai visto che son venuta?? Non ci credevi eh!»

«Stavo già andando a casa» disse con un filo di voce Davide *«ma devo imparare ad avere un po' più di pazienza!»*

«Non sottovalutare Mariuccia!»

Maria saltò giù dalle spalle di Davide, che prese a farle strada con la flebile luce della sua lanterna.

«Seguimi, dammi la mano.»

Maria, emozionata, gli tese la mano e quando lui gliela strinse forte, si sentì improvvisamente al sicuro.

Camminarono per qualche centinaio di metri in direzione di Renèusi, quindi presero a seguire un sentiero ben battuto dal passaggio delle slitte trainate dagli animali, uno di quei sentieri che Davide conosceva come le sue tasche. Maria continuava ad inciampare, ma orgogliosamente cercava di non perdere contatto con la mano di Davide, che la trascinava dietro a sé sulla scorta dell'entusiasmo.

Salirono per alcune decine di minuti, poi, di colpo, uscirono dalla faggeta ritrovandosi in un ampio prato illuminato dal chiarore della luna, dove la lanterna praticamente non serviva più.

«*Prego signorina, si accomodi. Siamo arrivati all'albergo "La carbonaia", con vista stelle*» disse Davide, indicando con il dito un grosso sasso al centro del prato che aveva spostato lì qualche giorno prima, quando gli era balzata in testa l'idea di portarci Mariuccia.

La ragazza, visibilmente emozionata, appoggiò a terra la lanterna, sedendosi sul masso e Davide prese posto accanto a lei.

«*Questo è il punto più panoramico della valle dei Campassi*» le disse. «*Qui sotto di noi c'è Renèusi, di giorno si intravede il campanile. Di là – indicando verso sinistra – c'è il monte delle Tre Croci: da là sopra si vede la val Brugneto, dove hanno appena costruito una diga. Ci sono stato poche settimane fa e credimi che è impressionante vedere l'acqua dove un tempo c'erano solo montagne e paesi.»*

«L'acqua?»

«L'acqua, sì. Hanno chiuso la valle costruendo la diga e l'hanno riempita con l'acqua dei fiumi che scendevano dalle montagne, fino a formare un grande lago. La gente non voleva andare via dai paesi, lasciare le case, ma dicono che li hanno mandati via con la forza. Il lago ha coperto due paesi, che tristezza. Come se al posto della valle dei Campassi ci fosse un'enorme distesa d'acqua...»

«Oh Signore! Non voglio nemmeno pensarci!»

«Invece, proprio là davanti a noi, c'è la Sella Banchiera, un gruppo di prati praticamente gemelli di questi dove siamo noi adesso, ma con una sola differenza, quella di essere circondati da tante rocce. Là sopra ci portano le bestie quelli di Campassi, perché ci passa un bel sentiero che arriva fin sull'Antola.»

«Quante cose che sai, Deivi. Mi piace sentirti parlare.»

Davide finse di non sentire. Spense la lanterna, le mise una mano sotto al mento come per alzarle la testa verso il cielo.

«Allora? Cosa ne pensi?»

Il cielo blu, quasi nero, della notte, era come perforato da tantissimi puntini luminosi, un'infinità di stelle che brillavano di una luce intensissima. Maria rimase come incantata, non aveva mai visto uno spettacolo simile. *«Penso che questa sia la notte più bella della mia vita...»*

Davide la abbracciò, avvicinandosi a lei. Rimasero immobili in silenzio per alcuni minuti, contemplando quello spettacolo, come per goderselo il più a lungo possibile.

«Chissà quante volte sei venuto qui di notte a vedere le stelle!»

«Da ragazzo, con Dreia, passavamo spesso di qui ma mai a quest'ora» rispose Davide. *«E' capitato però tante volte, di sera, andando nella stalla per curare le bestie malate, di fermarmi sul terrazzo a guardare la valle sotto al cielo stellato. E rimanevo lì immobile a respirare l'aria fresca, a pensare a quanto sono stato fortunato a nascere qui.»*

«Ti manca Dreia, vero?»

Davide si rabbuiò e si appoggiò una mano sulla fronte, stringendosi le tempie tra le dita.

«Dreia è stato l'unico con cui ho avuto il coraggio di aprirmi, prima di farlo con te. Mi mancano i nostri discorsi, il tempo passato insieme.

Ma lui aveva sempre ragione, anche quando diceva che la distanza cancella il ricordo, infatti devo ammettere che passo giornate intere senza pensargli neanche un attimo e per questo mi sento un egoista.»

«Speriamo che la distanza non cancelli il ricordo, se mai uno di noi due dovesse andarsene da qui.»

«Perché dici così? Io non scapperò mai da Renèusi!»

«No, neanche io voglio muovermi da Ferrazza. Ma stasera mentre ero nella mia stanza ascoltavo i miei di sotto che parlavano e mi sembra di aver capito che mio papà voglia cercare una casa altrove...magari in città, dove c'è lavoro e tutto il resto che manca qui...»

«Dì a tuo padre che però dove vuole andare lui non c'è questo» la interruppe Davide indicando il cielo.

«Lo so» disse Mariuccia, stringendolo forte. Una lacrima le scese sulla guancia e Davide le porse il suo fazzoletto per asciugarla.

«Voglio che rimani qui» le disse. *«Se te ne vai anche tu, non ha più senso tutto questo.»*

«Deivi, anche se me ne andassi io, questo spettacolo continuerà ad esserci lo stesso.»

«Ci sarà lo stesso, ma non saremo più in due a guardarlo.»

Il rumore di una faina che attraversò il prato alle loro spalle interruppe questo momento idilliaco e Maria saltò in piedi alla velocità della luce.

«Tranquilla, è solo una faina! Esce di sera perché di giorno qui c'è sempre movimento, solo che forse non si aspettava di trovarci qui!»

«*Oh Signore io ho paura...vieni qui Deivi...*»

Davide la abbracciò forte e la baciò.

Maria, quasi pentendosi immediatamente, lo allontanò.

«*Andiamo Deivi, torniamo giù. Non vorrei che i miei si accorgessero che sono con te...*»

«*Non capisco cosa ho fatto di male a tuo padre. Quando mi vede, si gira dall'altra parte...è brutto non sentirsi accettati, lo sai?*».

«*Deivi, noi siamo cugini...*»

«*Lo so, e allora? Perché devono impedirmi di vedere mia cugina?*»

«*Deivi, non agitarti...*»

«*Mi agito invece! Io non ho fatto niente di male! E adesso vuole anche portarti via!*»

«*Ma Deivi non è ancora deciso niente...ne stava solo parlando...ma magari mia madre proverà a trattenerlo, lo sai che lei è tanto legata a Ferrazza...*»

Maria sapeva di mentire. Sapeva che la madre avrebbe comunque accettato ogni decisione imposta dal padre, ma non si sentiva di dirlo a Davide, che si stava alterando come mai prima di allora, tanto che temeva che la situazione potesse davvero degenerare.

In quel momento, per la prima volta ebbe paura di Deivi, inquieto come mai lo era stato prima.

«*Dai, torniamo giù che è tardi*» disse Maria,

prendendogli la mano.

Il ragazzo divenne improvvisamente freddo e, presa la mano di Maria, tornò davanti a lei a fare strada alla volta di Ferrazza.

Quando vi giunsero, si scambiarono un furtivo bacio davanti alla cappelletta, quindi si separarono: Davide prese la via di Renèusi con la mente offuscata dai cattivi pensieri, mentre la ragazza trovò ancora la porta semiaperta ed entrò senza fare rumore, rimettendosi a letto come se nulla fosse accaduto.

L'indomani, al risveglio, rischiava di dover spiegare molte cose ai genitori.

«Dolfo, va bene che non ci sono più i briganti in giro e che viviamo lontano da tutto e da tutti, ma non ti sembra un po' troppo andare a dormire con la porta di casa aperta? Era appena accostata»

Maria trattenne a stento un sorriso e finse di fregarsi gli occhi.

«Matilde non ne hai più da dire? Ti pare che io vada a dormire senza chiudere la porta?»

«Oh Signore bello, se mi avessero detto che la vecchiaia ti avrebbe ridotto così non ti avrei mica sposato!»

Il tono della discussione si stava alzando e Maria, per evitare di finire con il confessare la sua fuga notturna, si alzò di scatto andandosene.

«*Vado a Renèusi!*» e scomparve in un batter d'occhio.

«*Si si...vai a Renèusi...*» mormorò a denti stretti Adolfo «*presto dovrai andarci per dirgli che ce ne andiamo!*»

XIII

Adolfo non perse tempo in inutili chiacchiere e
iniziò a darsi da fare, mettendosi alla ricerca di
una nuova casa. La individuò grazie a un certo
Stefano – *Stevu* per tutti – un suonatore di
piffero di Vegni che girava tutte le feste di paese
della valle e che aveva saputo di una bella
proprietà in vendita a Casella, nella valle del
torrente Scrivia. Era una casa piuttosto grande,
con un ampio cortile ai bordi del quale si
trovava una stalla che avrebbe potuto ospitare
una discreta quantità di animali, seppur fosse
prima da ristrutturare. Non esitò a proporgliela
e ad aiutarlo nel contrattare il prezzo finale di
acquisto, arte nella quale Stevu era un vero e
proprio maestro.

Alla fine, riuscirono a strapparla per
duecentomila lire, una somma modestamente
bassa se rapportata all'estensione della proprietà
acquistata, ma pur sempre eccessiva per le
sgualcite tasche della famiglia Franco.

La diplomazia di Matilde nel richiedere l'aiuto
dei Bellomo si rivelò decisiva. Giacomo, stanco
di concedere prestiti a destra e sinistra, iniziava
a sentirsi vecchio e seppure gli affari andassero

sempre piuttosto bene, pensava più che altro a mettere da parte denaro per salvaguardare il futuro del figlio.

Fu Rosa a convincerlo, spiegandogli che ai loro cugini proprio non avrebbero potuto dire di no.

«*Giacomo, mi metti in difficoltà! Come faccio a dire di no a Matilde?? Mettiti nei miei panni!*»

«*Ho capito Rosa, ma tu forse dimentichi che anche noi dobbiamo andarcene da qui e trovare una casa in valle! Prima di prestare i soldi in giro, vorrei essere riuscito a spenderli per me!*»

«*Ma credi che non ti bastino? Giacomo, mi sembra una malattia la tua verso i soldi! Ti rendi conto che siamo benestanti?*»

«*E Davide? Ti ricordi che abbiamo un figlio a cui garantire il futuro?*»

«*Ma Davide ha tutto quello che gli serve! Ha una bella casa, una stalla nuova piena di animali che tutti ci invidiano e, in più, continua a guadagnare mandando avanti il tuo lavoro...che spese dovrà mai avere nell'immediato futuro?*»

«*Se mai decidesse di lasciare Renèusi e venire con noi, bisognerebbe pensare a una casa più grande*» osservò Giacomo, che mentre parlava sembrava già con gli occhi pensare alle ipotetiche misure delle stanze della nuova casa.

«*Davide non si muoverà da qui! Giacomo, dai... ancora non l'hai capito? Lui sta bene qui, ha il suo lavoro, i suoi animali, è giovane e forte...perché mai dovrebbe andarsene e ricominciare tutto da zero, da un'altra parte?»* alzò il tono Rosa, interrompendo quasi, con l'aumentato volume della voce, i ragionamenti mentali del marito.

«Tu credi?»

«Ne sono certa.»

«Ehh...» Giacomo respirò profondamente, passandosi una mano tra i capelli ormai grigi. *«Mi spiace lasciarlo qui senza più nessuno...potrei ancora aiutarlo...e poi, se anche Maria se ne andrà, rimarrà completamente solo...»*

«Giacomo tu sei vecchio, devi fermarti adesso. Il futuro è di Davide e stai certo che saprà come portare avanti i tuoi affari. Quanto a Maria...spiace anche a me che se ne vada, mi rendo conto che per lui fosse importantissima...ma io credo che capirà...»

«Speriamo...»

I soldi necessari all'acquisto della casa vennero recapitati a casa dei Franco direttamente da Davide, in un piovoso pomeriggio di marzo.

I genitori avevano spiegato al ragazzo che quei soldi, probabilmente, sarebbero stati quelli che avrebbero definitivamente allontanato da lui la cugina Maria, eppure Davide non mostrò particolari emozioni alla notizia.

Quel giorno arrivò bagnato fradicio a dorso del mulo e Adolfo lo fece entrare per scambiare quattro chiacchiere. Si tolse per educazione il cappello, mettendosi a sedere accanto alla stufa carica di legna, che sbuffava un caldo così esagerato da togliere quasi il respiro.

«*Davide, ringrazia di cuore i tuoi genitori*» esordì Adolfo. «*Noi possiamo solo esservi grati per tutto quello che avete fatto per noi...*»

«*Non c'è nulla di cui dovete ringraziarci*» sentenziò Davide, freddo.

«*Non vorrei che te la dovessi prendere a male per questa nostra decisione di andarcene*» intervenne con tono di scusa il padre della ragazza, appoggiandogli una mano sulla spalla.

«*So quanto sei legato a mia figlia e anche quanto lei tiene a te e voglio solo dirti che...ecco...noi facciamo tutto questo semplicemente per garantire a lei un futuro migliore, futuro che qui non può esserci. Ho saputo che anche i tuoi genitori vogliono trasferirsi...*»

«*Vi capisco, non dovete scusarvi per questo. E' una vostra decisione e la rispetto, punto. Io non giudico le decisioni degli altri ed è giusto che anche gli altri non giudichino la mia decisione di rimanere qui*» continuò Davide.

Maria entrò in casa proprio in quell'istante e rimase sorpresa nel vedere una strana espressione sul volto di Davide, mentre ragionava tranquillamente con suo padre.

«Ciao Maria...»

«Deivi...»

«Vi auguro buona fortuna» concluse Davide, con un volto imperturbabile, che non lasciava trasparire la benché minima emozione.

«Grazie, Davide. Ma non partiremo subito... passeranno ancora dei mesi prima che riusciremo a organizzare il nostro viaggio. Tu e Maria potrete ancora vedervi quando volete, finché non ce ne andiamo. Dopo, chissà...nessuno può dirlo. Ma comunque torneremo, perché abbiamo gli animali qui e li porteremo giù a Casella solo in un secondo momento...»

«Se avete bisogno, agli animali posso pensare io finché non li porterete giù...»

Maria un po' ci rimase male a non sentirsi minimamente considerata da Davide. Lo guardava con occhi sbigottiti: non le sembrava più il ragazzo che pur di salvare il loro amore clandestino sarebbe stato disposto a tutto.

Forse il fatto di avere allentato un poco i rapporti, dopo quella sera alla carbonaia, era servito a rimettere le opportune distanze tra i due, chissà. O forse la sua era soltanto una strategia per stuzzicare una reazione della ragazza?

Intanto, l'imminente partenza della famiglia Franco impoveriva sempre di più la già malandata valle dei Campassi e se ai Casoni di Vegni erano rimasti a vivere in due, Ferrazza, con la partenza dell'unica famiglia che ancora vi risiedeva, era destinato a rimanere senza più abitanti.

A Renèusi, la situazione, era ancora più tragica: era il paese che più di tutti aveva dovuto subire le conseguenze dello spopolamento, tra partenze e morti premature dei giovani che si erano ammalati o che, partiti per le guerre, non vi avevano più fatto ritorno.

Così, all'alba del 1960, chiusa l'osteria che ormai non vedeva passare avventori da qualche tempo, solo Davide, Giacomo e Rosa resistevano nell'ultimo villaggio della valle. In tre, ma ancora per poco, visto che anche i genitori di Davide sarebbero stati costretti, loro malgrado, ad andarsene a vivere a Cabella Ligure, dove – se non altro – i collegamenti con il resto della valle erano meno faticosi e dove avrebbero potuto curare più facilmente gli acciacchi del padre, stremato da una vita di duro lavoro.

Non aveva mai avuto paura in vita sua, Giacomo, ma al momento di lasciare Renèusi avvertì dentro di sé una strana inquietudine crescere, come se la strada che stava prendendo fosse quella sbagliata. Fu per quel motivo che il giorno in cui lasciò il paese, assieme alla moglie, volle a tutti i costi fermarsi per una breve sosta nella canonica di Vegni per un saluto a don Giuseppe.

Il parroco, vedendoli sopraggiungere, si affrettò ad aprire la porta di legno, accogliendoli come si fa con due vecchi amici: d'altra parte, per lui, era come se lo fossero.

«Il giorno del mio arrivo a Vegni, se mi avessero detto che i Bellomo avrebbero lasciato Renèusi, giuro che sarei scoppiato a ridere» esordì il parroco.

«Padre, gli anni cominciano a farsi sentire» disse uno stanco Giacomo. *«Ho bisogno di cure e a Renèusi faccio in tempo a morire prima che arrivi qualcuno..»*

«Non dovete dirmelo, Giacomo, conosco benissimo i problemi della nostra valle. E ditemi, il vostro ragazzo? Ho saputo che anche i vostri cugini sono in partenza...»

«I Franco partiranno a breve per Casella. Quanto a Davide...non vuole saperne di lasciare il paese ed è per questo che siamo qui, Padre. Vorremmo chiederle l'ennesimo favore...di passare, qualche volta, da Renèusi per scambiare due chiacchiere con lui e vedere se sta bene» disse Giacomo.

«Non c'è bisogno di chiederlo» rispose Don Giuseppe *«lo farò e sarà mia cura tenervi*

informati. Siamo tutti affezionati al vostro ragazzo, io per primo. Con lui ho uno splendido rapporto.»

Il parroco strinse le mani tremanti di Giacomo, infondendogli un calore inaspettato che lo fece sentire, per un istante, al sicuro.

XIV

Era una strana sensazione avere un paese tutto
per sé: un po' come essere padroni, oltre che di
ciò che è proprio, anche di quello che
apparteneva ad altri. Era una manifestazione
della libertà all'ennesima potenza, vivere senza
avere alcun tipo di limitazione. Ma significava
anche essere, infinitamente, più soli. La
solitudine, però, non è mai un problema se vista
con gli occhi di chi, sulla lontananza da tutto e
da tutti, ha costruito mattone su mattone la
propria vita.

Renèusi non era troppo grande, per Davide. Lo
ripeteva a tutti quelli che incontrava, ogni
tanto, sulle mulattiere di accesso all'Antola e che
gli chiedevano, increduli, come diavolo faceva a
rimanere, da solo, lassù tra quelle montagne.

«*Ma cosa ti costa andare a Vegni?*» gli dicevano.

«*Nulla!*» rispondeva Davide «*Ma non mi costa
nulla neanche restare a casa mia!*»

Il paese era perfettamente in ordine, quasi come
quando ancora era abitato. Qualcuno di quelli
che se ne erano andati glielo aveva proprio
detto: «*Davide, fai come se fosse casa tua.*»

Altri gli avevano chiesto se, gentilmente,

sarebbe riuscito a mantenere un minimo di ordine nei dintorni delle loro proprietà. Altri non gli dissero mai nulla ma per Davide il paese doveva essere curato, punto e basta. Il suo motto era semplice: prima il mio, poi quello che mio lo sta diventando.

Così, non appena le sue numerose attività gli lasciavano un attimo di tempo, eccolo dedicarsi alla cura del paese, dai piccoli lavoretti di muratura allo sfalcio dell'erba tra le case. In questa nuova vita il ragazzo si era calato alla perfezione, tanto da dimenticare quella che, fino a poco tempo prima, era stata una delle sue priorità: la cugina Mariuccia, che nel frattempo si stava trasferendo a Casella assieme ai genitori.

Il giorno in cui i Franco partirono, passarono da Renèusi per parlare con il ragazzo. Adolfo e Matilde arrivarono tra le case del villaggio sommerse da un silenzio pesante, che non erano abituati a sentire.

Incontrarono Davide intento a risistemare un muretto a secco che costeggiava la mulattiera: era impressionante vedere la dedizione con cui si dedicava alle faccende del paese, quasi come se fosse dovuto passare qualcuno, di lì a poco, a giudicare la bontà del suo operato.

«Davide, non stai fermo un secondo!»

«Buongiorno Adolfo. Eh no, oggi faccio il muratore...»

«Noi siamo in partenza...»

«Allora il grande giorno è arrivato? Guardate di non dimenticare niente...»

«Dovremmo avere preso tutto quello che ci serve. Gli animali sono nella stalla, non ti dico niente perché sai meglio di noi di cosa hanno bisogno. Anzi, ti ringrazio davvero di cuore perché pensavo già di dover tornare su a breve a riprendermeli, invece con la tua gentilezza di curarmeli per qualche tempo potrò almeno sistemare la stalla della nuova casa e poi venirmeli a riprendere con calma. Ah, ovviamente, non appena potremo restituirti i soldi che ci avete prestato per la casa, vedremo anche come rimborsare questa tua gentilezza...»

«Ma sì...» disse Davide, muovendo il braccio come a far segno di lasciar stare «per i soldi c'è sempre tempo. Non ne ho bisogno adesso...ora mi serve solo un po' di serenità e tanta salute.»

«In bocca al lupo, Davide» disse Adolfo, stringendogli la mano.

«In bocca al lupo» gli fece eco Matilde, avvicinandosi per stringerlo in un abbraccio. «Saluta la mamma e il papà.»

Intanto Maria, alle spalle dei genitori, attendeva in silenzio. «Pà, mà, iniziate ad andare. Io saluto Davide e arrivo.»

Adolfo e Matilde si allontanarono sul dorso dei loro muli, trainando una *lesa* carica di fagotti.

«*Allora, Deivi, non hai niente da dirmi?*» disse la ragazza, rimasta sola di fronte a lui. «*E' da quella sera alla carbonaia che non mi hai più cercata, quasi come se ti avessi fatto qualcosa di male...*»

«*Se non ti ho più cercata, un motivo ci sarà*» disse secco, Davide.

«*Ascoltami, se ti riferisci alla mia partenza dovresti saperlo che non posso ribellarmi alle decisioni di mio padre! E se proprio vogliamo dirla tutta, se siamo arrivati a questo punto la colpa è anche la tua, che hai prestato ai miei i soldi per comprare la casa!*»

«*Quelli li avreste trovati comunque, la verità era che volevate andarvene e io non mi sono opposto, tutto qui. Chissà cosa avevi per la testa...*» e fece per voltarsi dall'altra parte, fingendo indifferenza.

La ragazza lo bloccò afferrandogli un braccio. «*Ouh! Ma cosa dici? Io avevo solo te per la testa! E tu mi hai evitato da quella sera in poi! Cosa devo fare, restare qui ad aspettare che ti passino le lune??*»

«*Non c'è bisogno di gridare...*»

«*Grido eccome!*»

«*Stai bene attenta a quello che dici...*»

«*Deivi...*»

«*Vai, vai, c'è qualcuno giù in città che ti sta aspettando. Io ho altro da fare...*»

«*Mi fai schifo!*» disse Maria voltandogli le spalle

e incamminandosi con passo deciso verso l'animale che la aspettava legato a un albero, accanto al sentiero.

Davide si accucciò, come per riprendere il lavoro che stava terminando prima di venire interrotto. Poi si voltò, soffermandosi a guardare Mariuccia che si allontanava.

Provò un profondo odio per lei, in quell'istante e pensò che non l'avrebbe mai voluta più vedere. Mai.

Si tirò in piedi e frugò nelle tasche, estraendo una sigaretta e dei fiammiferi: la accese con rabbia, tirando profonde boccate al termine delle quali rilasciava dense nuvole di fumo nell'aria. La terminò in un batter d'occhio e gettò a terra il mozzicone, sedendosi poco distante.

Si appoggiò con la testa al muretto e iniziò a piangere a dirotto, un pianto intenso come quello con cui aveva salutato Dreia alla teleferica di Ferrazza. La sua vita, da quel giorno, sarebbe stata diversa.

XV

Di tanto in tanto, l'anziano parroco don Giuseppe passava dalle parti di Renèusi per sapere come procedeva la vita del ragazzo, come del resto gli avevano chiesto i genitori. Davide era sempre piuttosto sfuggente, d'altra parte quello era il suo carattere, ma il tempo per scambiare due chiacchiere con il parroco lo trovava sempre.

Un giorno lo trovò a Ferrazza, nella stalla dei cugini, intento a riempire le mangiatoie.

«Come siamo silenziosi!»

«Don Giuseppe...»

«Come procede, ragazzo?» domandò il prete avvicinandosi.

«Mah, bene...ho la salute, ho da lavorare...diciamo che non potrebbe andare diversamente...»

«Mi sembri tranquillo» disse il parroco prendendogli un braccio e scuotendolo.

«Si invecchia, si matura...» rispose quasi schermendosi Davide.

«Parli sempre poco, però» lo interruppe don Giuseppe.

«Ma sono da solo, padre...con chi devo parlare? Parlo con le bestie, quando mi fanno incavolare...»

«*Dicevo in generale, Davide, sei di poche parole, ma questo fa parte del tuo modo di essere. E comunque, tornando al tuo discorso...ricordati che è bene parlare anche con sé stessi. Ed è bene farlo anche spesso...tu non parli mai con te stesso?*»

«*Mah, veramente...*»

«*Cosa ti dice la tua coscienza?*» lo incalzò il prete.

«*La mia coscienza è meglio non interpellarla...*» scherzò Davide «*...soprattutto qui dove sono ora...*»

«*Addirittura! E perché mai? Senti di non esserti comportato bene con qualcuno?*»

Davide si alzò per un istante il cappello di paglia, passandosi una mano tra i capelli. Non rispose.

«*A volte facciamo del male a persone a cui teniamo parecchio, anche senza volerlo*» continuò don Giuseppe. «*Io non so cosa sia successo tra di voi, ma posso solo dirti che la vita offre sempre una seconda opportunità. Non avere fretta, non essere egoista.*»

Davide, immobile, ascoltava il prete senza proferire parola.

«*Quando sono entrato mi hai detto di stare bene, ma non era vero. Ti sei dedicato anima e corpo alla tua nuova vita, quasi per non dover pensare a quello che avevi perso*» continuò con tono deciso il parroco.

«*Cerca di affrontare le tue paure e non di nasconderle. Vivrai più sereno senza correre il rischio che si possano riaffacciare, un domani.*»

Davide annuì, rimanendo zitto.

«Ho visto ieri i tuoi genitori, ero a Cabella per alcune questioni personali. Mi hanno raccomandato di dirti che stanno bene e che ti aspettano a braccia aperte qualora tu decida di non voler più rimanere qui da solo. Così mi è sembrato giusto venirti a portare il messaggio.»

«Don Giuseppe, grazie, ma io voglio restare qui» disse Davide porgendogli la mano.

Il parroco gli strinse la mano, prima di allontanarsi tra le case vuote del borgo e prendere la direzione di Vegni.

Era passato ormai un anno dalla partenza dei Franco e Davide era sempre più immerso nella sua solitudine, ultimo abitante di un paese per non dire di una valle intera.

I paesi sulla sponda destra del rio dei Campassi erano rimasti disabitati e solo i Casoni, di tanto in tanto, venivano utilizzati come base da qualche contadino di Vegni che portava gli animali sui pascoli. Erano chiusi anche i due mulini sul fondo della valle: se il Mulino dei Gatti era già fermo da qualche anno, il Mulino Gelato aveva smesso di lavorare pochi mesi prima, quando Carlo, il padre di Andrea, era diventato troppo stanco per proseguire con un'attività importantissima per la valle, ma troppo poco remunerativa per le sue tasche. L'abbandono iniziava a farsi sentire anche sul versante opposto della montagna, dove tuttavia non raggiunse mai la stessa portata: sia i Campassi che il Croso, infatti, rimasero sempre abitati e assieme a Vegni furono gli unici luoghi dove, di tanto in tanto, Davide riuscì ad avere qualche contatto umano, qualche pomeriggio all'osteria per una partita a carte o due parole con i contadini del paese.

Un giorno dell'agosto del 1961, mentre Davide era nella villa bassa di Vegni per consegnare alcuni sacchi di carbone, vide Stevu venirgli incontro con il suo sorriso sdentato.

«Signor Sindaco!»

Davide appoggiò un pesante sacco a terra.

«Signor Sindaco! Mi guardi!»

«Stevu, quanti bottiglioni hai già bevuto?» domandò il ragazzo, senza smettere di lavorare.

«Cercavo proprio lei, non è il Sindaco di Renèusi?» disse Stevu con ghigno ironico.

«Il sindaco oggi non riceve nessuno» rispose Davide, per una volta, sorridendo. Poi gli si avvicinò. *«Che succede Stevu?»*

Il suonatore gli disse di aver ricevuto notizie da Casella: pareva che i Franco avessero terminato di ristrutturare la stalla che avevano acquistato e che fossero intenzionati a tornare nel giro di alcune settimane per riprendere gli animali che avevano lasciato alla custodia di Davide.

«Ha detto Adolfo che torneranno a Ferrazza verso la metà di settembre...poi ti parlerà lui personalmente, ma credo che abbia bisogno un aiuto per portare via le bestie» gli disse Stevu.

«Digli che sa dove trovarmi» rispose Davide, mentre richiudeva la porta della stalla dove aveva riposto i sacchi.

«In municipio...??»

E scoppiarono in una risata.

Effettivamente, Adolfo, Matilde e Maria tornarono nella valle dei Campassi il 20 settembre, a poco più di un anno di distanza dal giorno della loro partenza.

Ridiscendendo il pendio che dai piedi del Monte Antola conduce verso la Sella Banchiera, guardavano in lontananza quel gruppetto di case al centro dei prati dove avevano vissuto, provando sensazioni contrastanti. L'entusiasmo di rivedere quei luoghi così familiari era tanto e faceva bene al cuore, che ormai iniziava ad abituarsi a una vita diversa e, forse, un po' meno spontanea. Allo stesso tempo, però, vedere quelle case in pietra, addossate le une alle altre, riportava alla loro mente anni di stenti e di fatiche, inverni lunghi e attimi di sconforto. Poco distante dai prati che ospitavano la loro vecchia casa, ecco Renèusi: era un paesone e, visto da qui sopra, pareva quasi essere ancora abitato, visto l'ordine che lo circondava, anche se osservandolo bene si avvertiva tristezza, quasi una sensazione di vuoto che lo avvolgeva.

Tra i tre, la meno entusiasta di tornare nella valle dei Campassi era Maria, alla quale l'anno trascorso a Casella sembrava avere giovato parecchio: la ragazza aveva subito trovato lavoro come lavapiatti in un albergo e con i primi soldi che si era guadagnata aveva potuto dare un importante contributo alla famiglia per rimborsare il prestito ottenuto dai Bellomo.

Ma non solo, perché nell'albergo dove lavorava, Maria aveva conosciuto Antonio, un ragazzo di Casella che di mestiere faceva il cuoco e con il quale aveva iniziato da alcuni mesi a frequentarsi, trovando il conforto di cui aveva fortemente bisogno per superare l'oscura storia con il cugino Davide.

Era quindi chiaro quanto la ragazza tenesse a dare una mano ai genitori per chiudere definitivamente i rapporti con Davide, in modo da non poter più essere in alcun modo ricattabile ed uscire, finalmente, da quella posizione di soggezione rispetto ai Bellomo nella quale la sua famiglia, da sempre, si trovava.

Dalla Sella Banchiera si incamminarono sulla mulattiera per Renèusi, raggiungendo le case del borgo nel tardo pomeriggio. Trovarono ad accoglierli solo tanto silenzio, ancora più assordante di quello che li aveva salutati il giorno della loro partenza. Anzi, ora che si erano abituati a vivere in mezzo alla gente se ne accorgevano ancora di più.

Cercarono Davide nei posti dove, di solito, si faceva trovare, senza tuttavia riuscire ad incontrarlo: così, Adolfo consigliò alla moglie e alla figlia – quest'ultima ben contenta di non aver dovuto incrociare lo sguardo del cugino – di incamminarsi alla volta di Ferrazza, dove avrebbero potuto cominciare ad aprire la casa, mentre lui si sarebbe diretto verso i pascoli dell'alpe dove, pensava, avrebbe potuto trovare Davide.

Ed in effetti, imboccato uno dei numerosi sentieri che conducevano ripidamente alle terre vicine al crinale, poco prima di sbucare fuori dai faggi, Adolfo incontrò il ragazzo che scendeva fischiettando con la mandria.

«*Siamo di buon umore oggi??*» esordì Adolfo.

Davide bloccò il cammino, proprio e degli animali, emettendo un profondo fischio.

«*Quale buon vento la porta di nuovo tra queste montagne, Adolfo?*»

«*Ti ho cercato a Renèusi, ma non trovandoti da nessuna parte ho pensato che potessi essere da queste parti. Non so se ti hanno accennato...*»

«*So tutto*» lo interruppe il ragazzo. «*Stevu mi ha detto che sareste tornati e che avreste avuto bisogno di un aiuto per trasferire le bestie.*»

«*Oh bene, non ho più avuto modo di incrociarlo e così non sapevo se eravate riusciti a parlarne. Tu saresti disponibile a darci una mano?*»

«*Ci siete tutti?*» lo interrogò un insolitamente curioso Davide.

«*Tutti in che senso?*» domandò Adolfo faticando a nascondere un'espressione di stupore.

«*Maria è tornata con voi?*»

«*Ah, Maria! Si, si, immagino che avrebbe voluto salutarti ma poi, non trovandoti al paese, ho detto a lei e a mia moglie di incamminarsi verso casa per evitare loro la salita fino a qui. Ma insomma, avrete occasione di vedervi, almeno...credo, ecco...noi ci fermeremo per qualche giorno..*»

«*Uhm..*»

«*Cosa?*»

«*Bene.*»

«*Ah, certo. Ehm, a proposito...ne approfitto per darti una notizia, Davide, visto che siamo finiti nel discorso. Anzi, a dire il vero le notizie che ho da darti sono due, una buona e una che per me è ugualmente buona, ma ecco...magari a te non sembrerà così entusiasmante...*»

Davide si avvicinò ad Adolfo, quasi come per voler sentire meglio.

«*La notizia buona è che la nostra vita a Casella sta andando bene: io mi aggiusto con qualche lavoretto qua e là, la stalla che abbiamo acquistato non ha avuto bisogno di grandi interventi di manutenzione e, soprattutto, Maria è riuscita a trovare lavoro in un albergo. Di conseguenza, siamo riusciti a mettere da parte già un bel gruzzolo di soldi che ho con me e che inizierò a restituirti per estinguere una parte del tuo prestito.*»

Davide si limitò ad annuire, quasi come se non gli importasse molto dei soldi, rimanendo invece attento e concentrato su quello che, Adolfo, aveva ancora da dirgli.

«*L'altra notizia, che per me è ugualmente buona, perché sai...da padre, insomma, non posso che essere felice, ecco...*»

Gli occhi di Davide si fecero sottili, quasi a captare qualche smorfia nascosta tra le rughe del volto di Adolfo.

«*Alùa?*» disse, porgendo una mano dietro

all'orecchio a sventola.

«*E allora niente, ecco...volevo solo anticiparti che da qualche mese Maria si sta vedendo con un ragazzo di giù...*»

«*Come si chiama?*» chiese un sempre più curioso Davide, interrompendolo, con tono inquisitore.

«*Si chiama Antonio...*»

«*Quanti anni ha?*»

Adolfo si schermì. «*Ma Davide, perché mi fai tutte queste domande...io ecco...sono un po' in difficoltà a risponderti...*»

«*Voglio sapere quanti anni ha*» tuonò il ragazzo.

«*Trentuno. Lavora come cuoco nel suo stesso albergo.*»

«*Trentuno, come me. E' innamorata, immagino...*»

«*Mi sembra contenta*» disse il padre, quasi scusandosi. «*E' per questo che ho pensato di dirtelo, Davide...non volevo che te la prendessi ecco...ma come potevi immaginare, trasferendosi via era normale che potesse accadere...*»

«*Quando portiamo via le bestie?*» lo interruppe nuovamente Davide, cambiando di colpo discorso.

Adolfo faticò a nascondere lo stupore e questa volta ci impiegò un attimo a seguire il ragazzo nei suoi contorti discorsi.

«*Non so...pensavo che se tu non hai altri impegni, potremmo fare dopodomani, che dici?*»

«*Va bene*» rispose Davide, nel frattempo tornato imperturbabile.

«*Ti spiego cosa avrei pensato di fare. Un signore di Casella, nostro vicino di casa, mi ha dato la disponibilità per venire con un camioncino fino a Propata, in modo da caricare la mandria lì. Se sei d'accordo, potremmo partire con tutte le bestie al mattino presto da Ferrazza e passando da Renèusi salire al Monte delle Tre Croci per poi scendere giù sul versante opposto a Propata.*»

Davide fece segno di sì con la testa.

«*Allora posso cominciare a organizzarmi? Ci vediamo a Ferrazza venerdì prossimo al mattino presto?*»

Il ragazzo continuava ad annuire, ma lo sguardo era assente. Sembrava che, di colpo, non gli interessasse più rimanere a parlare con Adolfo. Infatti, sorprendendolo nuovamente, richiamò la mandria con un fischio, rimettendosi in cammino, con lo sguardo fisso a terra.

«*A venerdì...*» gridò quando già si stava allontanando.

Davide si guardava continuamente alle spalle, come se temesse di essere seguito da qualcuno. Non ricordava molto di quello che Adolfo gli aveva detto, solo che venerdì avrebbe dovuto presentarsi a Ferrazza per aiutarlo a trasferire la mandria.

I pensieri gli giravano in modo confuso nella testa, accavallandosi continuamente e la strada dall'alpe a Renèusi gli sembrò lunga almeno il doppio di quello che realmente era.

Non distante dalle case, le prime gocce iniziarono a cadere, poi sempre di più, sempre più forte. Aumentò la velocità del passo, dirigendosi filato nella stalla, dove, una ad una, entrarono lentamente tutte le vacche, ormai bagnate fradicie. Intanto, fuori, si scatenava il diluvio.

«Meno male che le bestie son dentro...» disse sottovoce, guardando gli animali al loro posto.

Entrò in casa, dove ad accoglierlo trovò un gran freddo. Corse a chiudere la persiana quindi, bagnato com'era, guardò subito se aveva della legna in casa e, visto che ne erano rimasti alcuni pezzi, iniziò ad armeggiare davanti alla stufa per accenderla.

Pochi minuti e alte vampate di calore illuminavano i muri della casa. Si spogliò, appoggiando i vestiti fradici a cavallo di una sedia, indossò un pigiamone di lana e si preparò una scodella di pane e latte.

Tornò davanti alla stufa con la sua scodella in mano, mentre fuori la pioggia era così violenta che sembrava spaccare il legno delle persiane.

I boati del tuono risuonavano tra i versanti delle montagne, preceduti da lampi che illuminavano a giorno tutta la stanza.

La stanchezza di Davide era tanta, sia fisica che mentale. Posò la scodella poco più in là, sul tavolo. Prese la testa tra le mani e rimase a farsi cullare dal tepore della stufa per alcuni minuti, fino a che, stremato, si addormentò su di una vecchia poltrona.

Fu un sonno tormentato, nel quale incontrò Dreia, Mariuccia, don Giuseppe, Adolfo. Sembravano tutti essere tornati per ricordargli i suoi fallimenti e la sua incapacità di ottenere dalla vita ciò che voleva. Tribolava, dormendo: si rigirò sulla poltrona più e più volte, perso nei sogni di quella notte maledetta fino a quando il freddo iniziò a farsi pungente e, allora, si svegliò.

Aprì gli occhi e faticò a capire che era notte fonda. La stufa si era spenta e fuori sembrava sentirsi ancora il rumore sottile della pioggia che batteva, lenta, sul tetto della casa. Accese la lanterna e la usò per farsi luce nelle stanze della casa, alla ricerca disperata di una sigaretta.

Trovò il tabacco in uno scatolino, in uno dei cassetti della credenza. Seduto sul tavolo, si girò una sigaretta che ebbe, quanto meno, il pregio di tranquillizzarlo in quella notte così complicata.

Si alzò e la accese, inspirando profondamente il fumo denso, poi gettò lo scatolino del tabacco nel cassetto, sopra alla pistola che il padre aveva portato con sé dall'Argentina e iniziò a girovagare per la casa, guidato dal flebile chiarore della lanterna.

Era inquieto.

L'ultima boccata, quindi gettò il mozzicone nella stufa spenta.

Portò con sé la lanterna fino al letto, la appoggiò sul comodino e la spense con un soffio che ancora sapeva di sigaretta, prima di lasciarsi cadere sul pagliericcio gelido.

XVI

Alle 7,30 del mattino di quel venerdì – era il 22
di settembre – Adolfo, Matilde e Maria avevano
già percorso infinite volte il tratto che separava
la loro casa di Ferrazza dalla stalla utilizzata da
ricovero per gli animali. Nulla doveva rimanere
in giro perché dopo quel giorno non sarebbero
più tornati al villaggio e così vollero accertarsi
di non aver dimenticato niente.

«*Dite quello che volete ma Deivi ha lasciato una
stalla più pulita della casa dove vive*» disse Adolfo,
mentre gironzolava per gli angoli della stalla,
ordinati quasi come se nell'ultimo anno non se
ne fossero mai andati.

«*Se ne dicono tante di quel ragazzo, ma di certo il
suo mestiere lo sa fare e anche bene*» intervenne
perentoria Matilde, lasciando trasparire quasi
un po' di dispiacere dal tono della voce.

Maria, appoggiata alla porta della stalla, fece
finta di non sentire, preoccupata dall'imminente
incontro con il cugino. A dirla tutta, pensava
che si sarebbero incontrati il giorno precedente,
ma durante la passeggiata che fece con la madre
fino a Renèusi non lo incrociò di nuovo.

«*Dovrebbe quasi essere qui, tra l'altro...ha detto che*

sarebbe venuto presto» si lasciò scappare Adolfo, che continuava a guardare fuori dalla porta in preda all'affanno.

«Eeehh arriverà, che fretta abbiamo Adolfo...a che ora dobbiamo essere a Propata?»

«Dopo l'una, ma vorrei partire presto...il cielo minaccia, guarda...è diventato nero proprio dalla parte dell'Antola...non vorrei prendermi il temporale. Già nel bosco è bagnato marcio...»

Adolfo tirò fuori il primo gruppetto di vacche dalla stalla.

«Senti, Tilde, facciamo così: comincia a incamminarti con queste. La strada intanto la sai e mi fai la cortesia, se incontri Deivi, di dirgli che lo sto aspettando. Finché lui non arriva, io non mi muovo con il resto delle bestie e poi ho i soldi da dargli...»

Matilde si incamminò seguendo gli ordini del marito e, in breve, scomparve tra i boschi della valle dei Campassi. Adolfo, intanto, continuava a gironzolare come un'anima in pena tra il cortile e la stalla, contando e ricontando gli animali, mentre Maria, seduta sul muretto della casa, lo guardava sorridendo.

«Belin, adesso vado a cercarlo!»

«Ma papà stai tranquillo! Arriverà su...»

«Lo spero che arrivi! Ti dico che oggi va a piovere, vedrai se mi sbaglio!»

«*Sì ma guarda che se deve prendere i i soldi viene di sicuro...*»

«*Uhm...senti Maria facciamo così...ho lasciato andar davanti la mamma perché pensavo che l'avremmo seguita a breve, ma siccome qui viene lunga e lei ha quei problemi di salute che tu ben conosci...fammi la cortesia...incamminati e raggiungila...almeno se dovesse avere bisogno ci sei tu...io aspetto quel deficiente di tuo cugino e poi vi raggiungo!*»

«*Va bene*» rispose Maria, prima di prendere la via di Renèusi, sull'ampia mulattiera.

Adolfo, rimasto solo davanti alla stalla, iniziò ad aumentare il raggio delle sue nervose passeggiate. Non volendo lasciare incustodita la stalla, non si allontanò mai più di tanto dalla porta, limitandosi ad allungare il collo in direzione della mulattiera, come per riuscire a scorgere meglio l'arrivo di qualcuno e poi, un istante dopo, ad alzare gli occhi verso il cielo, guardando le minacciose nuvole nere che si addensavano sulla cima dell'Antola.

«*POM!!*»

Un forte rumore, simile al rimbombo di un potente colpo di fucile, lo spaventò facendogli venire per un istante il batticuore.

«*POM!!*»

«*Lo sapevo!! Quel belinone è andato a caccia!! E io sono qui ad aspettarlo!!*» si mise a gridare, battendo un pugno sulla porta della stalla.

«Ho capito, anche stavolta dovrò fare tutto da solo!» e iniziò a far uscire le bestie dalla stalla.

Si accertò di aver chiuso tutto e spinse bene in fondo alla tasca i soldi che aveva tenuto con sé per rimborsare il prestito dei Bellomo.

«Col cavolo che glieli restituisco!» pensò tra sé e sé.

Si incamminò sulla mulattiera al seguito dalla mandria, lasciandosi alle spalle le case di Ferrazza. Era così inalberato che nemmeno si voltò per guardare, per un'ultima volta, il luogo dove era nato e cresciuto, scalciando ad ogni passo tutto ciò che trovava sulla propria strada.

Poco prima di arrivare a Renèusi, in un punto dove la mulattiera si inseriva tra due ali di roccia, non distante da una delle tante strade che conduceva all'alpe, una profonda macchia rossa scura sull'erba attirò la sua attenzione. Era sangue.

«Porca miseria, che macello...»

Fermò la mandria, che procedeva ordinata lungo il sentiero e si avvicinò per guardare meglio.

«Guarda che bestia...l'è una bescia!» disse a mezza bocca Adolfo *«Dice che viene ad aiutarti e poi va in giro per i boschi ad ammazzare i caprioli...ah ma questa gli costerà cara! I suoi soldi non li vedrà più!!»*

Scalciò l'ennesima pietra che incontrò davanti a sé, prima di riprendere la marcia e, negli ultimi terreni prima di Renèusi, deviò sul sentiero che conduceva all'alpe.

Arrivò tutto infangato sul Monte delle Tre Croci, ultimo balcone sulla valle dei Campassi: si augurò vivamente di non doverci più ritornare e lanciò un'occhiata sul versante opposto della valle, dove un sottile ramo del lago del Brugneto sembrava farsi spazio tra le montagne. Propata era lì in basso, ormai non mancava molto, ma in compenso stava iniziando a piovere.

«*Deivi a te maledisciu!*» gridò Adolfo quando iniziò a sentire le prime gocce cadergli sul cappello. Provò a camminare più veloce, ma le vacche non sembravano della stessa idea, così dovette rassegnarsi all'idea di prendere l'acqua.

Matilde, nella piazza di Propata assieme alle bestie, vide il resto della mandria avvicinarsi dai terreni sovrastanti il paese e, poco dopo riconobbe la figura del marito farsi sempre più evidente. L'uomo si dimenava con ampi gesti delle braccia, sembrava quasi parlasse con qualcuno.

«*Parlerà con Deivi*» pensò.

Eppure sembrava solo.

Non appena la sagoma del marito si fece più vicina iniziò a percepirne il lamento.

«L'è una bescia! Non voglio più vederlo!»

«Adolfo, cos'hai?! Si può sapere?»

«Io l'ho sempre detto che tuo cugino è un belinone e da oggi lo sapranno tutti perché io adesso non sto mica zitto eh....»

«Ma chi? Deivi? Ma dov'è? E' indietro con Maria?»

«Deivi? Deivi sarà a casa a pulire il capriolo che ha ammazzato stamattina! Tu l'hai visto?? Ecco, io uguale! E ho sentito dei bei colpi di fucile vicino a Renèusi, stai sicura che è andato a caccia per i fatti suoi!»

«Oh ma davvero?»

«Sicuro! Dov'è Maria?»

XVII

Dritto in piedi davanti allo specchio, Davide si scrutava profondamente negli occhi. Quella mattina, non si sa perché, perse più tempo del solito prima di uscire: fece la barba e si pettinò con la brillantina, quasi come se fosse il giorno della festa di San Bernardo. Indossò una camicia, un paio di pantaloni puliti e due grossi scarponi, si accertò che tutto in casa fosse in ordine e fece per uscire. Arrivato sulla porta, tornò sui suoi passi fino davanti alla credenza, dove frugò a lungo nei cassetti, estraendone il ciondolo che gli aveva regalato Dreia, lo scatolino del tabacco e la pistola del padre. Lasciò il ciondolo sul tavolo, quindi si chiuse la porta alle spalle e si incamminò alla volta di Ferrazza.

Poco prima del bivio con la mulattiera che conduceva alla carbonaia, avvertì un rumore di passi e, per non farsi vedere, balzò con vigore nel bosco, restando immobile dietro a un grosso faggio. Sotto di lui, intravide la figura di Matilde, al seguito di un gruppetto di animali, transitare sulla mulattiera.

Si accovacciò nella faggeta, frugando nelle

tasche come a cercare qualcosa.

«*No, il ciondolo...*» pensò in silenzio.

Seduto su di una grossa pietra, si arrotolò una sigaretta. Rimase immobile a scrutare la valle dal sottobosco, mentre tutto intorno regnava il silenzio: gli unici rumori che si avvertivano erano le sue nervose boccate di fumo e il suo cuore che batteva all'impazzata.

Non aveva ancora finito la sigaretta, quando vide tra gli alberi una figura avvicinarsi dalla direzione di Ferrazza. La riconobbe, era Maria: il cuore gli balzò in gola e iniziò a sudare. Si accorse che la mano gli stava tremando, perché un mucchietto di cenere gli cadde dritto sui pantaloni.

Gli tornarono alla mente i pomeriggi passati con Dreia, dietro al Mulino Gelato, in quel punto nascosto dove nessuno li poteva vedere: oggi, come allora, scrutava tra gli alberi i capelli neri della ragazza, che procedeva con passo spedito sulla mulattiera. Gli sembrava serena e, soprattutto, gli pareva che l'ultimo dei suoi pensieri fosse quello che si sarebbero anche potuti incrociare: non intravide nei suoi occhi quella preoccupazione che, invece, si sarebbe aspettato.

Nel tentativo di alzarsi in piedi, fece

inavvertitamente rotolare un sasso sul sentiero. La ragazza, spaventata dal rumore, si voltò come se avesse percepito la sua presenza. Poi, non vedendo nulla, riprese la marcia.

Davide tornò a sporgersi dal tronco del faggio, guardandola allontanarsi, di spalle. Lanciò il mozzicone con rabbia e con la mano fece per pulirsi i pantaloni dalla cenere che vi era caduta, accarezzando la sagoma della pistola che teneva all'interno della tasca e che quasi aveva scordato di avere con sé.

Accadde tutto in una frazione di secondo e senza pensarci due volte, la tirò fuori, puntando dritto verso la ragazza. Non sapeva come si usava una pistola come quella: amava andare a caccia, armato del suo fucile e della roncola, ma così moderne non ne aveva mai usate. Rimase per alcuni secondi con il dito premuto sul grilletto, mentre il sudore gli colava dalla fronte sul colletto della camicia.

Chiuse gli occhi e lasciò partire due colpi, che rimbombarono tra le montagne, ponendo fine a una storia tormentata. Passarono solo pochi minuti e un altro colpo sordo fece definitivamente scendere il buio nella valle dei Campassi.

XVIII

«*Non lo so dov'è Maria! Se non lo sai tu...*»

Adolfo si irrigidì. «*Ma se te l'ho mandata dietro dopo mezz'ora che sei partita!*»

«*Ma Dolfo, qui Maria non è arrivata, sei sicuro che sapeva la strada?*»

«*Ma sicuro che la sapeva...*»

«*Avrà mica preso il sentiero per l'Antola?*»

«*Io sono stato chiaro quando le ho spiegato dove passare...*»

Matilde prese il marito per un braccio, stringendolo così forte da fargli male.

«*Dolfo...hai detto di aver sentito dei colpi di fucile?? Dove??*»

Un lampo passò davanti agli occhi di Adolfo.

«*Devo tornare indietro!*»

«*Vengo anch'io!*» gli fece eco Matilde.

Caricarono le bestie sul camion che doveva portarle a Casella, raccomandandosi col vicino di casa che le scaricasse nella loro stalla, dicendogli che avrebbero fatto ritorno a Casella nei giorni successivi. Lo lasciarono allontanare, poi presero a seguire a ritroso la strada dell'andata, risalendo al Tre Croci con il cuore in gola e ridiscendendo verso la valle dei Campassi, che pensavano non avrebbero più dovuto vedere. Adolfo non disse nulla alla moglie, che nemmeno osò fare domande, ma già temeva di aver capito. La condusse fino al punto in cui aveva notato la macchia di sangue sul terreno, ora leggermente sbiadita dalla pioggia caduta poco prima.

Matilde si mise le mani davanti agli occhi e iniziò a singhiozzare, mentre Adolfo, inginocchiato quasi a terra, cercava di scorgere degli ulteriori segnali. Effettivamente, si accorse che il rosso scuro del sangue si prolungava in direzione di un minuscolo sentierino e l'erba, a tratti, ne portava ancora i segni, come se fosse stato trascinato qualcosa. Seguì quelle tracce, che si prolungavano per un centinaio di metri all'interno del bosco, raggiungendo una cascina di legno. Si fece il segno della croce, deglutì e tirò un profondo respiro. Poi aprì la porta.

Il corpo di Maria scivolò giù non appena il padre tirò la porta verso di sé, terminando la sua corsa sull'erba.

Il vestito che la ragazza indossava era strappato in più punti e i suoi piedi erano nudi.

Dappertutto, lividi e graffi, risultato del trascinamento lungo il sentiero e dietro al cranio campeggiavano due profondi buchi.

Adolfo si sedette a terra, accanto al corpo senza

vita della figlia, con la testa tra le mani. Matilde, poco più lontana, non aveva la forza di avvicinarsi. Poi prese coraggio e si portò accanto al marito, sedendosi tra lui e la figlia. Scoppiarono a piangere, uniti da un destino crudele in quel drammatico momento.

«*E' colpa nostra*» disse singhiozzando Adolfo «*abbiamo sottovalutato la mente malata di quel mostro. Anzi è colpa mia, non avrei dovuto mandarla nel bosco da sola...*»

«*Adolfo, ma come facciamo a sapere che è stato lui?*»

«*Ma chi vuoi che sia stato?? Smettila di credere alle favole!*»

«*Chissà adesso dove sarà?*»

«*Spero solo per lui che sia molto lontano da qui. Lontanissimo. Perché se lo incontrassi lo farei a pezzetti e lo lascerei mangiare dagli animali del bosco.*»

Matilde lo abbracciò.

«*Andiamocene da qui. Non voglio mai più vedere questa valle maledetta*» gridò Adolfo.

Raggiunsero Vegni, dove la notizia dell'accaduto si sparse in un batter d'occhio.

I giorni successivi al misfatto furono giorni di paura per gli abitanti della zona, terrorizzati dalla presenza di un assassino tra di loro e preoccupati per l'arrivo degli inquirenti, pronti a mettere in moto la macchina delle indagini.

XIX

Il questore di Serravalle Scrivia, appresa la notizia dell'omicidio, che si propagò a macchia d'olio in tutti i borghi dell'alta valle, inviò sul posto due uomini per accertare l'accaduto e per recuperare il corpo della ragazza.

Il commissario Bottero e l'ispettore Ciselli non erano avvezzi a svolgere le indagini in queste condizioni, ma giocoforza, dovettero imparare piuttosto in fretta, anche perché dall'alto gli ordini erano stati abbastanza chiari: trovare velocemente il colpevole per evitare che in montagna si spargesse il terrore.

Mentre a bordo dei muli percorrevano il sentiero verso Vegni, maledicevano apertamente l'omicida: «*Maledetto anche il contadino che non sapendo come trascorrere le giornate, ha ucciso una ragazza in mezzo a queste montagne!*»

«*Commissario, quando arriveremo al cadavere lo troveremo già mangiato dai lupi!*»

«*E' proprio quello che temo! Qui sarà già un miracolo trovare una buona osteria dove passare la notte!*»

Quando gli abitanti delle due ville di Vegni li videro sopraggiungere, sul far della sera, si fecero loro incontro in segno di accoglienza e collaborazione. Senza dubbio, per quei montanari, era una scena inconsueta quella a cui stavano assistendo.

«*Ispettore, lo conosceranno l'italiano?*» disse a mezza bocca il commissario rivolgendosi al collega.

«*Io veramente credevo che il questore l'avesse sottoposta a un corso accelerato di dialetto, commissario!*»

I due scoppiarono a ridere con sprezzo, proprio di fronte agli abitanti di Vegni che li attendevano.

«*Commissario Bottero*» disse mostrando il distintivo. «*Qui accanto a me ho l'ispettore Ciselli. Ci ha inviati il Questore di Serravalle Scrivia per risolvere il caso dell'omicidio di Franco Maria, avvenuto pochi giorni orsono. Da questo momento vi ordino la massima disponibilità a collaborare alle indagini, ricordandovi che non siamo venuti qui per perdere tempo.*»

I vegnini ascoltavano timorosi e, a un tratto, uno tra loro si fece avanti prendendo la parola.

«*Sono don Giuseppe Morando, parroco di Vegni e Renèusi di Carrega Ligure. Vi prego di non spaventare i miei parrocchiani, che già sono piuttosto intimoriti dall'accaduto, ma di parlare con me per ogni eventuale necessità. Sarò io a guidarvi ove chiederete e a condurvi personalmente dalle persone che desidererete sentire.»*

«*Eccolo là*» sussurrò il commissario all'orecchio dell'ispettore «*figurarsi se non saltava fuori un pretuncolo saputello...*»

«*Non sono forse stato abbastanza chiaro? Allora mi ripeto, sono don Giuseppe Mor...*»

«*Lei è don Giuseppe Morando, l'abbiamo capito, adesso eviti per favore di tediarci con la sua autobiografia. Visto che vuole proteggere i suoi paesani, allora cominci lei per primo a mettersi a disposizione delle autorità e ci conduca nella sua abitazione, dove effettueremo le prime perquisizioni e dove terremo il nostro primo interrogatorio.»*

«*Per poi proseguire con il resto dei paesani, ovviamente*» precisò l'ispettore con tono altezzoso.

«*Non vedo nessun problema*» disse il parroco «*anche se pensavo che il vostro obiettivo fosse quello di analizzare in primis la scena del delitto. Ma forse sono io ad essere invecchiato e le indagini non si fanno più come una volta...*» aggiunse puntiglioso don Giuseppe.

«*Forza, tornatevene tutti a casa!*» gridò l'ispettore. «*Da questo momento, è fatto divieto a tutti di lasciare il paese fino al termine delle indagini!*»

Il difficile rapporto tra il parroco e gli inquirenti rese, se possibile, ancora più difficoltosa la fase delle indagini. Per il solo gusto di non darla vinta al reverendo, i due iniziarono con un lungo interrogatorio proprio nei suoi confronti, così subdolo e pericoloso che al termine don Giuseppe ne uscì quasi da colpevole. Ci volle un giorno per calmare gli animi, quando gli inquirenti, dopo aver perquisito ogni angolo delle due ville di Vegni, si decisero finalmente a farsi accompagnare nella valle dei Campassi, sul luogo del delitto, assieme al dottor Grasso, medico legale che nel frattempo li aveva raggiunti per le prime analisi sul corpo.

Le indagini furono relativamente brevi, anche perché non ci furono molti dubbi nel determinare le cause della morte della ragazza: omicidio volontario, come testimoniavano i due fori nella parte posteriore del cranio della vittima e gli altrettanti proiettili, rinvenuti accanto al corpo della ragazza, di un tipo particolare, non di uso comune in Italia, che fecero convergere i sospetti su Davide, che oltre ad essere rimasto l'unico abitante della valle, era figlio di un emigrato in America che poteva, effettivamente, essere in possesso di un'arma di quel tipo. Ma le testimonianze raccolte furono contraddittorie perché tutti coloro che furono sentiti manifestarono forti dubbi sulla possibilità che il ragazzo avesse potuto compiere un gesto di quel tipo. E soprattutto, di Davide sembrava non esservi più traccia: nella valle circolava la voce che fosse scappato in val Brugneto, ma nessuno ne ebbe mai la certezza, anche perché il ragazzo non aveva rapporti stretti con nessuno in particolare.

Quando gli inquirenti arrivarono a Renèusi per arrestarlo, non trovandolo, ne perquisirono l'abitazione, senza raccogliere particolari indizi. Le bestie erano ordinate nella stalla e sembrava che le mangiatoie fossero state da poco riempite. In casa trovarono solo molto tabacco e le persiane chiuse come se il ragazzo se ne fosse andato di notte. Sul tavolo, accanto a una scodella, un ciondolo con un legnetto intagliato.

Intanto, a Casella, dove Adolfo aveva fatto trasportare il corpo, si svolsero i funerali di Maria, la cui sepoltura avvenne nel cimitero non distante dalla nuova casa dei genitori: i Franco non tornarono mai più nella valle dei Campassi.

Giacomo e Rosa, da poco stabilitisi a Cabella, ricevettero dagli inquirenti la terribile notizia, ma del figlio non seppero più nulla. Don Giuseppe, da Vegni, scese a dorso del suo mulo fino a Cabella per portare conforto ai due anziani ai quali si sentiva indissolubilmente legato.

«*Sono veramente senza parole...*»

«*Padre...*» Rosa esplose in un pianto a dirotto tra le braccia di don Giuseppe.

«*Lo avevo incontrato ancora pochi giorni fa. Come mi avevate chiesto ho cercato di passare da quelle parti un po' più spesso, per stare vicino al ragazzo e l'ho trovato come sempre indaffarato, instancabile lavoratore. L'ho invitato a pregare, a cercare nella fede la soluzione alla sua rabbia verso gli altri e, seppur di poche parole, pensavo avesse raccolto il mio consiglio...*»

«*Chissà dove sarà il mio Davide??*» esclamò in lacrime Rosa.

«*Non lo so, purtroppo non posso aiutarvi. Potrebbe essersi rifugiato in qualche luogo nascosto a lui caro, magari per paura di essere arrestato, in fondo la valle la conosce alla perfezione. Ecco, se così fosse, mi auguro che trovi la forza per uscire allo scoperto e assumersi le proprie responsabilità, come è giusto che sia.*»

«*Io ho paura che abbia deciso di farla finita*» esclamò Giacomo.

«*Potrebbe essere un'ipotesi. Non ve la auguro e, comunque, sappiate che prego per lui e per voi.*»

«*Non ci meritavamo un destino simile*» intervenne Giacomo. «*Non lo meritava Davide, che forse ha avuto solo la sfortuna di avere un carattere particolare, molto chiuso e di non riuscire ad aprirsi per raccontare il suo malessere. Una tragedia del genere infamerà il nome della nostra famiglia a lungo e risuonerà in eterno tra le montagne di queste valli. Maledetto a me che ho lasciato quella pistola...»*

«*Non deve pensare a questo, Giacomo*» lo interruppe il reverendo. «*Se questo è accaduto, questo era quello che Dio aveva previsto dovesse accadere. Davide era un buono, anche se non ha saputo resistere alle tentazioni. Per questo, per lui, non si spalancheranno le porte dell'inferno. La vostra è una famiglia stimata da tutti, tra queste montagne. Tutti riconoscono il vostro impegno, la vostra onestà, la vostra umiltà. La nuova comunità che vi ha accolto sono sicuro che non vi farà sentire soli. E per quanto mi riguarda...potrei presto esservi ancora più vicino. Sono anziano, Vegni per me inizia ad essere un luogo estremamente disagiato. Ho chiesto di avvicinarmi a luoghi meno difficili e Sua Eminenza il Vescovo mi ha proposto proprio Cabella Ligure. Chissà, potremo essere vicini anche nella vecchiaia...sembra che Dio abbia deciso che i nostri percorsi debbano coincidere in tutto e per tutto*» concluse, sorridendo, il parroco.

«*Grazie padre*» disse abbracciandolo Giacomo «*noi le dobbiamo eterna riconoscenza.*»

XX

L'omicidio senza colpevole aveva scosso la tranquillità di quelle terre di montagna dove, ora, nessuno sembrava più sentirsi al sicuro. Gli stessi Casoni, ancora saltuariamente utilizzati dai contadini di Vegni come base per l'alpeggio sui prati del Monte Carmetto, finirono con il divenire a tutti gli effetti abbandonati, seguendo il destino di Ferrazza e Renèusi.

Solo a Campassi e al Croso, sul versante opposto di valle, sembrava che la tragedia non avesse lasciato strascichi e anzi, approfittando delle leggende che si stavano diffondendo, i cacciatori di Campassi presero a estendere il loro raggio d'azione fino ai boschi di Renèusi e Ferrazza, ormai lasciati incustoditi.

Infatti, all'osteria di Vegni, se ne dicevano un po' di tutti i colori e la questione dell'omicidio di Mariuccia era ancora all'ordine del giorno, nonostante anche chi doveva indagare vi avesse rinunciato, per l'impossibilità di venire a una soluzione del caso in un territorio così selvaggio e vasto.

Giravano ormai mille diverse versioni dell'accaduto: alcuni dicevano che Davide si fosse rifugiato nei boschi, che vivesse cibandosi degli animali selvatici, dei frutti delle piante e giuravano di averlo visto con i loro occhi; altri ancora parlavano di fonti autorevoli pronte a dimostrare che il ragazzo se ne fosse andato e che fosse riuscito a ricostruirsi una vita lontano dalla valle dei Campassi.

Nessuno, in realtà, vide più Davide dopo quel giorno, né ebbe sue notizie. Nemmeno i suoi genitori.

Era la metà di ottobre del 1961 quando un cacciatore di Campassi, mentre setacciava i boschi che circondano Renèusi, in una battuta di caccia allo scoiattolo, ebbe una sgradevole scoperta.

«*Vieni qui! Non vedi che lì non c'è niente?! Guarda che cane stupido!*»

Il cane aveva abbandonato il sentiero per infilarsi in un piccolo terreno circondato di carpini, l'accesso al quale si presentava, per l'uomo, particolarmente complicato.

«*Allora! Bianchina! Vieni subito qui!*»

Niente da fare, Bianchina aveva trovato evidentemente qualcosa di molto interessante da annusare.

L'uomo si fece largo tra i rami delle piante,

cercando di avvicinarsi al cane per capire cosa lo tenesse ancorato a quel pezzetto di terra.

«*Dio mio!*»

L'uomo fece un balzo indietro, quasi asfissiato da un cattivo odore simile a quello di un animale morto. Allungò il collo in direzione del cane e lo vide intento a mordicchiare quel che rimaneva del cadavere di un uomo, del quale ora riusciva a vedere bene gli scarponi, con la punta rivolta verso di lui.

«*Bianchina!!*»

Si mise una mano sul naso e sulla bocca e si avvicinò al corpo senza vita. Prese il cane per la collottola, allontanandolo vigorosamente. Rimase impietrito a guardare, con sguardo disgustato, quella scena terrificante.

«*Davide...*» esclamò con un filo di voce.

Pur essendo il cadavere in avanzato stato di decomposizione, l'uomo riuscì a riconoscere i lineamenti del ragazzo. I brandelli dei vestiti che indossava sembravano quelli degli abiti della festa e vicino a quel che rimaneva della mano destra, a terra, campeggiava una pistola semiautomatica.

L'uomo sospirò. «*Andiamo, Bianchina...*»

Si recò ancora in abiti da caccia a Vegni, dove bussò alla porta della canonica per raccontare al parroco la macabra scoperta.

«Scusi il disturbo Padre» esordì l'uomo *«ma credo che abbiamo finalmente risolto il giallo dell'omicidio di Renèusi.»*

Don Giuseppe strabuzzò gli occhi e gli tirò avanti una sedia, facendogli segno di accomodarsi.

«Che succede?»

«Succede che ero a caccia di scoiattoli con il mio cane e l'ho visto allontanarsi dal sentiero. L'ho chiamato, chiamato, ma non c'è stato verso di farlo tornare. Così mi sono avvicinato e ho scoperto che stava annusando il cadavere di un uomo, ormai mezzo mangiato, coricato a pancia in su con una pistola vicino alla mano...»

«Il cadavere di un uomo??» quasi lo assalì Don Giuseppe.

«Il cadavere di Davide» disse il cacciatore, stroncando le speranze del parroco.

Il prete rimase a guardarlo per un lungo istante con gli occhi lucidi.

«Ci avevo sperato, sa?» disse il parroco. *«Non credevo che avesse potuto rendersi protagonista di un gesto del genere e ormai iniziavo a pensare che magari fosse scappato per paura di essere incolpato... ma le sue parole mi hanno tolto ogni dubbio.»*

L'uomo allargò le braccia, quasi a scusarsi per la terribile scoperta.

«*La ringrazio per avermelo comunicato. Provvederò a informare le autorità che stanno conducendo le indagini per il recupero della salma*» disse don Giuseppe, prima di dare il benservito all'uomo e dirigersi immediatamente, sul dorso del proprio mulo, a Cabella per informare la famiglia del ragazzo.

Don Giuseppe bussò con educazione alla finestra della casa dei Bellomo, dalla quale intravide uno stanco Giacomo seduto a tavola. Gli si fece incontro la moglie Rosa, che accolse il parroco sulla porta con lo sguardo spaventato, facendogli segno di entrare.

Il prete, con gli occhi bassi, entrò e senza fermarsi andò dritto ad abbracciare Giacomo, che si era nel frattempo alzato in piedi. La forza di quell'abbraccio fu tale che l'anziano uomo non ebbe bisogno di ulteriori spiegazioni e scoppiò a piangere come un bambino, mentre Rosa per poco non svenne ascoltando i dettagli del ritrovamento del corpo del figlio.

«*Padre, mi faccia un'ultima cortesia. Lo so che il funerale a Renèusi non si potrà più fare, ma almeno me lo faccia seppellire nel cimitero*» implorò Giacomo, con la voce rotta dal pianto.

Don Giuseppe fece segno di sì con la testa, senza aggiungere altro.

Il referto dell'autopsia del medico legale non lasciò spazio a dubbi. Il cadavere risultò essere quello di Bellomo Davide, di anni 31, contadino, che si era tolto la vita in preda a un gesto volontario, sparandosi un colpo di pistola semiautomatica in bocca. Pare che avesse tentato di sparare un secondo colpo e che l'arma si fosse inceppata.

Dalle analisi operate sull'arma e sui proiettili, risultò che l'arma fu la stessa utilizzata per uccidere la poco più che ventenne Franco Maria.

XXI

«*Non avrei mai voluto che questo giorno arrivasse.
Sono particolarmente legato alla famiglia Bellomo,
che ha in un certo senso scandito la mia vita in
questa valle e dopo il matrimonio e il battesimo del
piccolo Davide, la mia volontà sarebbe stata quella
di celebrare le nozze del ragazzo e sapere che
qualcuno avrebbe continuato a tenere in vita questo
angolo di montagna. Non avrei mai pensato di
doverne celebrare il funerale, questo è sicuro.
Da lui dipendeva la sopravvivenza di questa piccola
comunità, che purtroppo il progresso stava già
contribuendo a disgregare, ma forse Davide non è
stato abbastanza forte da sconfiggere i fantasmi che
gli offuscavano la mente.
Quello che è successo è una sconfitta per tutti noi
montanari. Non siamo riusciti a capire il malessere
di quel ragazzo, io per primo e ad aiutarlo a
superare le sue paure: da oggi, siamo tutti più poveri
perché abbiamo perso un fratello.
Io non mi sento di condannarlo, perché lui era un
buono. Un buono che è stato tradito dalla sua
debolezza e il volto distrutto di Giacomo e Rosa qui
davanti a me ne è la dimostrazione.
C'è un angioletto, in cielo, che si chiama Maria, che
non sarà d'accordo con le mie parole. Altrettanto non
lo saranno i suoi genitori, che a causa di Davide si*

sono trovati a piangere la perdita dell'unica figlia.
Ma io voglio sperare che ora, in cielo, quei ragazzi
possano finalmente trovare il modo di chiarirsi e di
riconciliarsi, perché se è vero che c'è un'altra vita,
beh...devono avere una nuova opportunità per
viverla insieme. Felici.»

Don Giuseppe era commosso, e appariva stanco
e provato quasi alla pari di Giacomo e Rosa.

Il suono triste delle campane accompagnò il
feretro sul sagrato della chiesa di Vegni, dove
una lesa trainata dagli animali si fece carico di
accogliere il corpo di Davide e trasportarlo,
sulla mulattiera, fino a Renèusi. Al seguito, la
folla che l'avrebbe accompagnato per l'ultimo
saluto, in un viaggio che avrebbe ripercorso
tutti i luoghi simbolo della sua breve vita.

Carlòn, il padre di Dreia, appostato davanti
all'oratorio di San Bernardo, aspettava che la
salma si avvicinasse per accoglierla con il suono
della campana, che rimbombò, quel giorno, per
l'ultima volta tra le montagne della valle.

Tante volte quella campana aveva annunciato
giornate di festa, tante volte aveva significato
radunare una comunità sotto lo stesso tetto.
Quel giorno, la campana suonò note diverse dal
solito, simili a quelle di un addio, perché
nessuno uscì più dalle porte ancora accostate

delle case. Quando il feretro di Davide terminò la sua corsa all'interno della grande tomba che Giacomo e Rosa avevano voluto per lui, con incisa a chiare lettere la scritta *papà e mamma dolenti*, il suono della campana terminò e Renèusi fu avvolto dal silenzio, un silenzio opprimente. Un silenzio eterno, che si sarebbe da quel giorno, e per sempre, respirato nell'intera valle.

*Grazie a tutte le persone che, con i loro ricordi e
le loro testimonianze, hanno contribuito a fornire
spunti per la ricostruzione della storia
e la realizzazione del romanzo.*

Dagli anni Sessanta, Renèusi è un paese abbandonato e le leggende che lo circondano fanno sì che, ancora oggi, nel villaggio si respiri un'aria diversa dagli altri luoghi fantasma.

Del tempo in cui si consumò la tragedia di Davide e Maria, non rimane molto se non alcune preziose testimonianze della vita dell'epoca, come il caratteristico oratorio di San Bernardo, oggi a un passo dal crollo.

Oltre a questo, solo case pericolanti e cumuli di macerie.

La tomba di Davide accoglie i visitatori del villaggio nel piccolo cimitero all'ingresso del paese: diversa dalle altre, quasi fuori luogo, racconta meglio di ogni altro particolare tutto il dolore nascosto dietro a quel triste avvenimento che vide il contadino, suo malgrado, principale protagonista.

Forse, è proprio grazie a questo triste avvenimento e alle leggende che si tramandano che a Renèusi, il tempo, pare essersi fermato a quel giorno di settembre del 1961.

Lightning Source UK Ltd.
Milton Keynes UK
UKHW021245130921
390500UK00014B/1045